U0896692

在阅读中展开，人生的可能

CONTENT
肯特文化

赤壁大战之后，

魏、蜀、吴三国鼎立之势已成。

可三国诸侯都心知肚明，

刀剑只是暂时入鞘，

杀机引而不发。

即存亡决于明日，

胜机在于取势。

而明眼人都能看出，

大势之消长，要害在荆州。

荆州，荆州！

盘踞在层层玄关之中的荆州，

既如一座巍然屹立的泰山，睥睨着万古长江，

又似一条绵延千里的碎玉，散裂在三国分界的最前线。

荆州杀

Jing Zhou Sha

朱苏进 —— 李蔷薇 —— 著

江苏凤凰文艺出版社
JIANGSU PHOENIX LITERATURE AN
ART PUBLISHING, LTD

图书在版编目（CIP）数据

荆州杀/朱苏进，李蔷薇著. -- 南京：江苏凤凰文艺出版社，2018.11

ISBN 978-7-5594-2875-2

I. ①荆… II. ①朱… ②李… III. ①长篇历史小说-中国-当代 IV. ①I247.5

中国版本图书馆CIP数据核字（2018）第207503号

书　　名　荆州杀

著　　者　朱苏进　李蔷薇
选题策划　盛世肯特
出 版 人　黄小初
出 品 人　柯利明　林苑中
特约监制　黄土路
责任编辑　牟盛洁　李　黎
特约编辑　黄土路　李　昂
营销推广　刘　源　李聃霄
责任印制　法成海
装帧设计　璞　闾
出版发行　凤凰出版传媒股份有限公司　江苏凤凰文艺出版社
出版社地址　南京市中央路 165 号，邮编：210009
出版社网址　http://www.jswenyi.com
印　　刷　三河市华东印刷有限公司
开　　本　710mm × 1000mm　1/16
印　　张　17
字　　数　191 千
版　　次　2018 年 11 月第 1 版　2021 年 7 月第 3 次印刷
标准书号　ISBN 978-7-5594-2875-2
定　　价　65.00 元

本书若有质量问题，请与本公司图书销售中心联系调换。电话：010-69737280

目录

引子

正如后世评论所言，一本《三国志》，半部荆州地。

对于三足鼎立的魏、蜀、吴而言，时分南阳、南郡、江夏、长沙、武陵、零陵、桂阳七郡的荆州，仍名副其实的“国之天元”，它东连扬州，西通益州，南接交州，北临豫司，乃整个中国的矛盾之地、枢纽之地。由荆州出兵，可攻许昌、洛阳，可逐鹿中原，是为矛；荆州位居长江中上游，长江天险乃其天然屏障，是为盾。而枢纽之意则为，由荆州足下长江西向可抵巴蜀，东向可达扬州，是时，水上船运乃最快运输手段。

自赤壁大战后，曹军推手襄阳、樊城（隶属于南阳），依然握有南阳郡。经过与曹仁一年多的争夺战，周瑜终于将南郡划入东吴版图。此时的孙权占据了南郡和江夏郡，分别任命周瑜和程普为太守；刘备则趁乱占有荆南四郡——长沙、武陵、零陵、桂阳。并在南郡地盘筑公安城驻军，随后以公安地盘太小容不下驻军为由向孙权借得整个南郡。

公元 215 年，也就是建安二十年，刘备开始进军西川，孙权索要荆州不成，派人拿下长沙、零陵、桂阳。为避免与曹操、孙权在西线、东线同时开战，刘备与孙权讲和，以湘水为界瓜分荆州，以西的南郡、武陵、零陵归刘备，以东的江夏、长沙、桂阳归孙权。

我们的故事从公元 219 年，也就是建安二十四年开始。

第　一　章

大都督拜寿

虽已是早春，清晨操练时，城门口河道里的薄冰已经发出“喳喳”的融化声，到了傍晚，城门上“荆州”两个冰冷的铜铸大字，在夕阳里发出温暖的光，可对荆州城的将士们而言，天气却丝毫没有回暖的迹象。

一切都还是那样严酷、冷峻、紧张。

十二年了，无论春夏秋冬，雨雪寒暑，对于这里的守将关羽和他的随将士卒而言，从登上这座城关的第一天开始，这样严峻的空气，就从来没有松懈过。

每个黄昏，当残阳收起让人炫目的光芒，古老的城墙闪射出古铜色的暗辉，狰狞的城墙裂缝和倔强生长的草根青苔混为一色。一阵惊天动地的金鼓之声便会在高高的城关奏响，与此同时，一声响彻寰宇的震喝断然而起——

“上将军巡关！”

长喝声中，一骑沿着城街飞驰而来，所到之处，将士们纷纷拄枪横刀，在一阵金属的碰撞声里，将一排排刀剑般的目光掷向来人。那人昂首雄视，沿着城道一路骑行，上升，下降，再上升。如果有人从城关的顶端俯瞰，可以瞧见他足下的铁蹄在一块块深黛色的砖石上扫踏而过时，迸发的一连串隐约的火星。

此人面似重枣，身长八尺，冉冉飘动的虬髯之中，炯炯的目光形同火炬。不错，正是威震三国、名动天下的蜀国大将——关羽。

十二年了，从美髯飘飘的盛年，到须发灰白、身形渐阔的花甲之年，这荆州城关，一日也未曾离开过他猛虎般的铁蹄。正所谓，一夫当关，万夫莫开！

然而，那铁骑在行至一个哨位跟前时，背峰却突然微微一颤，右脚掌稍稍趔趄，从地面隐约传来一声轻微的“嘎”声。那哨位旁的士卒看得分明，是蹄脚踩中了一件圆球形的物什，和着马腿一阵不易察觉的晃动，那球形物什骨碌碌滚至一旁，石板上迸出一道粗粝的裂纹。

正当众人心下惊疑，骏骑上的关羽目不斜视，从胯旁的剑鞘里拔出一把铮亮的长剑，只展臂轻轻一挥，那刚被马蹄踏过的球形物什——一只滚落在城垛草丛里的小葫芦，便孤零零地悬在了他的剑尖。而后，不待众人从震惊中反应，那物什已被剑锋高高挑起，以一条优美的抛物线之姿飞往空中，紧接着，犹如一颗小小的流星，上升、爆裂、垂落，最终“啪嚓”一声，掉在一块乌黑的砖石上，流出一股浓浓的酒浆。

“哼！”关羽从鼻子里发出一句哼声，两颊的须髯气得胡乱抖动。随行多年的将士们知道，那是山洪暴发、雷霆即来的讯音。没人敢应。

寂静，唯有泰山压顶般的寂静。

“谁呵？”关羽大喝，那灰白的须髯再次簌簌抖动，如火的目光亮如明镜。所有的将士无一例外地面露惭色，羞愧地低下了头，似乎犯错的是他们当中的每一个。

半晌，偌大的城道上一声鸦雀也不闻。就在众将士或沉默不语或凝神对视之时。一位赤赭脸膛、年过半百的偏将从哨位上缓步移出，行至关羽骑前，一个长长的拜揖之后，惭声道：“末将饮酒了。”

关羽凝目，瞋视的大眼里先是露出惊讶、愤懑，继而变为怜惜、不忍。好一会儿，众将士方听见他平淡的声音：“将府存有十数坛美酒，你去饱饮一场。饮罢，斩首！”

众人大惊失色。那偏将先是大骇，继而露出不可置信的神情。不过一个俯仰之间，又已恢复了勇气，挺胸昂首，大吼一声道：“末将遵命！”

众人也都抬起头来，双目死死盯住这位老将，脸上的震惊纷纷变成了敬服和感佩。在一片肃穆的静寂中，二名甲士上前，将老将押了，往后退去。

关羽掉转目光，再次将手中的长剑对着脚下一挥，指着一块方砖，喝道：“此下二十步处，砖石有空洞。即刻填换！”

“遵命！”众将高声应和。

眼见那老将的背影看不见了，关羽方双足一蹬，继续骑行。那骏骑虽比不得赤兔马，却也有些灵性，沿着城道飞驰了不到片刻，便将关羽送至那城关的最高处。血橙似的夕阳下，那畜生一声充满灵性的长嘶，引得众将士纷纷抬头。但见极目远眺、俯瞰长江的关羽正巍然肃立、身披金光，远远看去，犹如一樽金光闪闪的战神。

只有前将军关平知道，荆州虽险，可更险峻的，是想攫取它的人的心。在漫长的守城岁月里，父亲以一己之力对抗各路英豪，在衰老面前，已渐渐显露出了力不从心。

不错，时间不会放过任何人，不管他是权倾天下的王者，还是威震八方的枭雄。

关平快步走到父亲的跟前，作了一个深深的长揖，面带不安地道："江东使节快到了，像是来为父亲拜寿。"

关羽没接他的话茬，却不经意地看了他一眼，淡淡道："你好像有点慌张。"

"父亲请看！"关平转过身去，拿起一副远镜，面对长江，"儿从没见过这么大的战船！虽然逆水上行，竟能驰得这样快！"

关羽极目长江。果然，水天一色的江面上，一艘庞大的水上战船正朝城关疾驰而来，那上面刀枪林立、红旗招展，远远望去，犹如一座活动的水上城关。关羽不由得脸上变色，诧异地从马镫上站起身来，惊叹道："喔——"

眼见那战船离关羽父子越来越近，同时可见的，还有从那船腹中伸出的数十支长桨，它们奋力拨动江水，形成排天拍地之势。最令人惊奇的是，那船首的大纛上，赫然飘扬着一个"周"字。

关平父子不用回头也知道，此刻城关上的所有将士都和他们一样，正目注江面，脸上露出惊讶的表情。

"那是周瑜旗号啊！父亲，江东大都督亲自来给您拜寿了。"关平叫了起来。

关羽收了远镜，叹道："此人恨透了我，心里早就把我碎尸万段了，却亲自来给我拜寿。了不起！"

关平不敢出声，只目视父亲，等待命令。

"开驭江门，迎客。"关羽道。

"遵命！"关平立刻应声，示意身旁一位偏将，那偏将立刻一揖，会意而去。关平再次拿起远镜望向江面，想了一想，又禀道："父亲，那战船太过高大，恐怕进不了我们的驭江门。儿驾船迎驾吧？"

关羽沉吟了一会，方再次望向那江面，拈须道："周瑜借拜寿之机耀武扬威，故意驰来如此大的战船！不管他，且看他如何进城。"

坐在大纛之下的，正是英俊倜傥的江东大都督周瑜。一眼望去，年轻剽悍的水师将军吕蒙正伫立在他身后。在离他们不远的船舱处，还排立着一队执盾按刀的护卫。这些生于江南的水军将士，虽身处迅疾飞驰的战船，周身上下却纹丝不动，好似一株株茂盛的巨树，已扎根在深阔的江底。

眼见离城关越来越近，周瑜忽然沉声问身后的吕蒙："如果有一天，我们不得不攻打荆州，你估计需要多少兵力？"

"禀大都督，三万将士足矣！"吕蒙回答，掩不住脸上的骄矜，在大都督面前，他一向喜怒形于色，无须隐藏自己的内心。

"再估计一下，攻城需要多少时日，会有多少将士阵亡？"周瑜仍旧微笑着，笑容却冷淡了几分。

吕蒙犹豫片刻，骄矜之色略减，却依然振奋道："那要看关羽的抵抗程度了。我想最多一个月吧，我们也许会战死三五千个弟兄。"

周瑜听罢，拧了拧眉头，终于按捺不住，嗔怒道：“荆州建城八百多年了，还从来没有被人攻破过！破城，也是由于城内守军开城献降！吕蒙啊，我觉得你和你的三万将士全部战死也不可能攻克它，何况坐镇荆州的是关羽关平父子！”

吕蒙怔住，脸上的骄矜一扫而空，取代的，是红彤彤的面色，好像天边涌动的霞光。

“既如此，大都督为何还来探关？”凝神片刻，吕蒙突然直视周瑜的眼睛，大声喝问。

周瑜仍然微笑着，目光却突然变得闪亮，回答的腔调也铿锵激越了起来。

“因为我们必须夺回荆州！荆州八郡是天下之腹，西乘巴蜀，东下吴地，南控百越，扼江汉而望中原。首郡荆州城更是腹中龙关，你看它高高地卡在东吴头上！所以，并非取天下才必取荆州，哪怕我东吴不取天下，仅图个守土安国，自保太平，也要夺回荆州城。”

好像怕吕蒙打断似的，周瑜一口气说了下去，显然，这些话是他日夜思索，时刻放在心上，还来不及向人倾诉过的。

吕蒙听了，脸上的窘迫又一下子消失，无法克制的恼怒之色，像一层浓重的云翳显露了出来。他低下头，咬了咬牙，恨声道：

“主公当初昏了头，竟然把荆州城借给他刘备！如今拿几万将士性命都取不回！”

周瑜听了吕蒙的牢骚，一言未发，只仰起头来，冷冷地看了他一眼。吕蒙即刻明白，自己失言造次了，忙畏罪般垂了头，一声不吭。

周瑜再次陷入了沉默。良久，他才从自己的思绪里跳脱出来，再次仰起头放眼城关，低叹一声：“荆州不光是座城池，更是国之命脉啊！”他的声调之沉、语气之痛，让吕蒙不由得心里一沉。

他还从来没听过大都督用这样的语气说话。怎么说呢，在自己的印象里，想要哪座城池，他总是自信满满、豪情万丈。今天的语气，有点悲壮，有点感伤，有股慕而不得的意味。

就在两人沉吟的工夫，战船已驶至城边的江岸。举目四望，那宽阔的水面似乎一下子凹缩进去，接入一条水道。那水势形状，犹如一件阔大的绸袍，突然从下摆过渡到了长袖。

吕蒙看见大都督一下子兴奋起来，双目熠熠生辉。他看见那水道的尽头就是荆州的城门！

和他一样，他身后伫立的甲士们的目光也瞬间悲壮起来，好像一只只滚烫的手掌，触摸着雄壮的城关处处。

“右舵，进水道！”

吕蒙高亢地下令。顿时，战船右侧的长桨停止划动，整齐地竖立于空中。而左侧的长桨则奋力拨水，艰难行进。很快，巨大的战船缓缓转过向来，驶入直抵城门的水道。

那水流的速度也瞬间缓和了下来。不一会儿，那水道上上下下、由内而外，隐约露出了重重叠叠、或明或暗的防御机关。那或暗黑或礁黄的秘隙暗洞，像一张张吃人不吐骨头的大嘴，似乎随时能吐出利箭飞刃。那一块块厚度不匀、色泽不一的壁砖滑石，让人联想到背后正系扣着的无数飞弩礤石，似乎只要轻轻一触，能让战船即刻化作齑粉……

吕蒙脚下纹丝不动，眼中却露出一丝不置信的恐怖之色。

周瑜虽也双目大睁，紧紧逼视两岸河道，那目光却散淡空茫，他似乎陷入不可理解的愚钝，看不到其中凶险。然而，了解他的吕蒙却知道，与其说那些杀人利器在他眼中，不如说已印入他心里。果然，没过一会，吕蒙听他低声赞叹道："好哇！关云长越来越厉害了。如今他不光刀劈天下，竟然也学得心细如发了。"

吕蒙却沉浸在凝神静听之中，凭直觉，他感觉那巨大的船底正贴着江底行进。他知道这大船每前行一分，离可怕的危险就逼近一步。一不留神，江底陡峭锋利的巨石、尖锐明亮的刀戈，便会划向柔软平坦的战船船腹……

果然，不出他所料，一阵剧烈的晃震之后，事故发生了，没有任何一点迹象，正在行走的战船突然停滞了。

不光吕蒙，船上所有的将士都立刻意识到，是船底某处被利器戳住了，而且毫无疑问，这利器就来自于这水道下面的机关，是机关发出的暗器起了作用。可惜醒悟来得太迟，而且就算不迟，他们也暂无对策，战船已经不能再前进一分一毫。

吕蒙举目四望，心里连喊可惜。那威严巨大的城门就耸立在离战船不足百米处。从战船上看过去，它一半的身子浮在水上，另一半立在水中。不用眯起眼睛，就能看见坚实的门身上，攀附着一头油漆斑驳、面相怪异的兽面。和若干地势险要的城关大门一样，那怪兽正高扬着利爪，大张着血盆大口，两只锅盖大的眼珠凶恶地紧闭着。

吕蒙忙用眼角余光去瞟周瑜，只见周瑜微微一怔，他已经意识到了自己的战船被卡在了水道之中，进退不得，陷入窘境。

不等吕蒙再次发令，船头的舵手已在拼命转动着船舵，水手们也相继跳入水中。然而，所有的人又再次意识到，短时间内，战船绝无再次启动的可能。周瑜抬起头来，目光从吕蒙的脸上轻轻一荡，又别转开去，低叹道："如果是战时，此刻就是我们的绝境。别的暂且不说，只要城关万弩齐发，我们就绝无生路。"

吕蒙面露恨意，瞪住城关的眼珠似乎要迸出眼眶。

周瑜脸上的自嘲之色渐渐转淡，慢慢地，也透出一缕难言的焦虑。

吕蒙正喝令为首的一个甲士，命他做好应急预备。城关上空突然传来一声长喝，只听一个清亮却又中气浑厚的声音喝道："小将关平，拜见周大都督！"

吕蒙和众甲士们不由得心中一震。

周瑜不急不忙，仰首望去，只见城关之上，一身铠甲的关平，正笑容满面、恭敬地向他抱拳示意。

周瑜只淡然一笑，微微颔首答礼，低声道："领了！"

"请大都督勿惊。水道两边，都是为曹军设下的防备。末将即下城迎驾，委屈大都督换乘荆州小船进城。"关平朗声道。

即使鲁莽如吕蒙，也细心地注意到，这声音是年轻的，更是自信的。

果然，周瑜的脸色微微一变，他微微侧身，对吕蒙冷声道："听见了吧？我们驾巨船前来拜寿，却不得不忍气吞声上他们的小船，这才进得了荆州。我这是江东大都督呢，还是人家的战俘？"

吕蒙听了，勃然大怒，脸色一下子变成赤赭色。他立刻转身，朝刚刚接受了他命令的那位甲士怒喝："下水，立刻送大都督进城。"

顿时，数十位执盾甲士从舱中拥出，他们如离弦之箭跃上甲板，两个一组、两个一组地跳入水中。

周瑜的目光紧紧追随着跳水的甲士。一个接一个的水纹消失了，那最先跃入水中的两个甲士迟迟没有浮上水面。周瑜面露痛苦之色，喃喃道："水深没顶啊，不下于七八尺。"

然而，那深阔的水中却突然冒出两串气泡，接着浮出两只盾牌，"咣"的一声，合拢在一起，那高度恰巧与水面齐平！原来，那两位甲士潜入水中之后，屏住了呼吸，并高举双臂，用手里的战盾为周瑜搭起了一块桥板！

"快！"吕蒙接着喝令。

很快，第二组甲士迅速蹦出甲板，踏上第一组甲士举着的盾牌，也跃入水中，也将手中的两只战盾托出水面。伴随第二声"咣"的声响，第二组桥板出现了。

接着，第三组甲士踏过前两组盾牌，入水，举起战盾，组成第三组桥板……如此这般，循环往复。不过一眨眼的工夫，一条由手臂当桥柱、身体当桥墩、盾牌作桥面的战桥在水面上铺设成功了！

此刻，若有人在城关之上，用远镜细细察看，就会看见，铜锈色的深水之中，这些高举战盾、屏气凝神的甲士的腿上、腰间、脚下，正飘起一圈又一圈殷红、细长的血丝。那是他们贸然下水之后，双脚踩中暗器，腿肚子和腰身被利刃割破之后的可怕景象。

然而，现在战船上的将士，却无人想到这一点。或者说，他们想到了，却又刻意忽略了。

周瑜这才再次露出悠然自得的微笑，他似乎是毫不在意地从船首起身，轻轻一个鱼跃，落在了第一组甲士架起的战盾上，而后，是第二组甲士、第三组甲士架起的……从高高的城关上看过来，他踏着一架前所未有的、由水下将士搭成的长长的盾桥，往城门潇洒走来……

果然，城关上目睹城下周瑜身姿的关羽惊诧极了，也感动极了。他本来就不屑于隐藏自己的情感，此刻便忍不住失声长叫道:“好男儿，好，好！”

一旁正目视那深水之下的关平，也感叹道：“江东甲士，远胜于曹军啊！”

“你想想，部下能如此，将帅当如何？”关羽一边凝视着盾桥上越来越近的周瑜，一边提示着关平，那语调似有千钧之重。

关平立刻领悟了他的意思，也赞叹道：“周瑜大都督，果真和传说中的一样智勇非凡。”

关羽凝视周瑜的目光里，燃烧着一抹奇异的光亮，既灼热又璀璨。

“周瑜是我们的天敌呵，最可怕的天敌！”关羽在久久地凝视之后，再次感叹。不，听他笃定的语气，与其说是感叹，不如说在得出一个迟迟不愿得出的结论。

盾桥上的周瑜离他们越来越近，越来越近……眼看马上就要抵达那座攀附兽首的水上城门。他们几乎可以看见周瑜脸上依稀可辨的激动，那是他们熟悉的表情。任何一个攻城的将士，在逼近城门时，都会露出这样的激动。

“父亲……”关平用目光询问着，欲言又止。

“开城门！”关羽下令，低沉的声音里没有半点犹豫。

关平瞪大了眼睛，艰难地咽下一口唾沫，高高地扬起右手，朝身边一个一直在等候命令的将士，做了个开门的手势。

“开城门——”

伴着一声高亢的传令，水城门上狰狞的兽首发出一声粗粝的“嘎”音，两只紧闭的大眼蓦然圆睁。那扇荆州被借之日起就再也没向东吴开过的城门，发出“轰隆”一声巨响，排起两道冲天的水浪——

荆州向江东大都督周瑜开城了！

周瑜在血肉之躯铸成的盾桥上疾行，俯仰之间，仍不忘用眼角的余光匆匆四顾。那漆黑深广的城洞深处，那高高的穹隆之顶，好几处攻杀利器难掩其踪，更不要说，那城关大道上如林的刀枪和堆积如山的军械……

终于，周瑜行到了水道的尽头。只见他飞身一跃，如一只灵巧的飞燕，轻巧地登上岸来。

城内宽阔坚固的石阶上，正站着玉面长身、折腰相迎的关羽。见周瑜迎面走来，他朗声笑道：“周公瑾履大江如履平地，视生死如儿戏。着着步步，令人刮目，关羽敬佩！”

周瑜微笑着，朝关羽拜了一个长揖：“晚生周瑜，拜贺上将军大寿！”

关羽的笑声更响了，凌空听去，似有一群群叫声低沉洪亮的巨鸟在翱翔。“请入城！”他一边大笑，一边向周瑜做了一个“请”的手势，那手臂的伸向，直指城关的制高点。

周瑜也仰起头来，轻声微笑。

关羽言罢，笑呵呵地近前，挽住了周瑜的手臂。周瑜没有推辞。两人亲切地手挽手，沿着长长的城道向高高的城关走去。

一路上，两人谈笑晏晏，他们谈天气，谈水势，谈见闻，双方都将彼此敷衍得密不透风。

然而，即便是在话锋最密集之时，周瑜也不忘展目四望。在他精明锐利的目光中，他发现不但城道两旁战甲林立、军姿威武，就连远远近近的城楼哨卡、兵营仓库，也呈现出巍峨森然、井然有序之势。显然，和当年归东吴管辖时比较起来，这荆州城的气势不仅未见削弱，反而更加雄壮。可见关羽治军之严、束兵之紧。也就是说，他守城十多年，还未生出明显的懈怠之心。

“公瑾啊，万万没想到江东大都督会屈尊为使，亲自来给一个老朽拜寿！唉，当我在城上看见你那艘壮阔座驾时，吓一跳，以为曹军攻城来了。”关羽好似没看见周瑜左右闪动的目光，仍然边说边笑，语调、嗓音和刚刚寒暄时一样自然浑厚。

“在下怕云长多心，原本不该来荆州。但要不看你一眼，又不放心啊。”周瑜收回目光，继续点头微笑。

“有劳公瑾惦记。啧啧，如此惦记！”关羽仰起头，一阵哈哈长笑。

“曹操虽然赤壁大败了，但他一统天下的野心不灭。”周瑜却突然间面色一凛，正色道。

关羽也面色一凛，正色颔首道：“说的是！”

“此人既富雄才大略，更能知耻而后勇。现在他表面韬晦，暗中却在厉兵秣马，心中时刻不忘这座荆州城。”周瑜说着，脸上的神情如同越升越高的城关，渐趋严峻。

关羽沉吟不响。半日，方慢慢道：“嗯……他和公瑾你，倒是十分相像！”说完，又拈着下巴下的三寸长须，呵呵笑出了声。

周瑜也正想笑，再顺势说上一句：“和云长你也差不了不少……”突然听见足下城关传来一阵喧闹之声，好像瓮城附近的方向响起一阵刀剑之声，似乎是有什么人在那里争执不下，其中还夹杂着几声“退下！退下！”的喝令声。

周瑜和关羽同时皱起了眉头。

“怎么？”关羽问旁边一个年老的偏将。

话音未落，已有一位脸庞发青的年轻偏将飞奔而来，一边下马一边恭敬地禀道：“禀上将军。周大都督的护卫要进内城，去城隍庙拜香。他说荆州原本就是他老家，今天又是他老娘百年忌日。”言毕，立在马下偷眼瞧周瑜。周瑜脸上一片默然，看不出任何心绪。

“哦。荆州是他老家，我的寿辰又是他老娘忌日……”关羽捻须沉吟，也看了眼周瑜，露出很难办的样子。

“上将军啊，晚生的这些护卫犟得很。他们确有几位家在荆州。”周瑜大大方方地回视关羽，嘴角微微一笑，不觉中露出一缕嘲讽。

“大都督啊，老生的那些护卫也犟得很，而且最讨厌吴军入城探关。”关羽也牵动嘴角，微微一笑，那语调里没有嘲讽，倒有股淡淡的挑衅。

周瑜不出声，又抬起眼睛，游目城关，似乎对这雄壮威武的城关爱不够、看不够似的。

那偏将听了两人的对话之后，脸上闪过一丝困惑，他在自己的马下又站立了片刻，预计再也得不到任何正式的命令之后，便答应一声“是”，便上马掉头而去。

待那偏将背影驰远了，两人方转过头来，若无其事地继续往城关的方向走。

“百里外的襄阳，曹仁拥兵三万。淮北汝南、张辽徐晃都在苦练精兵。一年之内，可得新军二十万，曹操早晚会兵临城下。云长如果守不住城池，请务必知会我一声。”周瑜且说且走，并不时转过身来，目视关羽，似乎在时刻等待他的意见。不管怎么说，在对待曹操这件事上，他们还是有话说的。

关羽不置可否，只淡淡微笑着，露出成竹在胸、志在必得的神情。

“云长对此无话可说？”周瑜抬了抬眉头，故意露出惊诧之色。

果然，关羽沉不住气了，一迭声唤关平。

“告诉大都督，曹军如来攻城，我军咋办？”他嘱咐关平，语气骄矜自得。

“第一策，半道相击。末将不等他入境，就率精兵从麦城出击，夜袭他辎重所在。”关平一个鞠躬之后，面朝周瑜，正声答。

周瑜一惊，诧异道：“麦城在曹仁手里呀！”

关羽微微一笑，面上的自得之色，愈加明显。

周瑜立刻醒悟，沉吟道：“哦，早被你们攻取了。如此看来，只怕章陵、南阳等城池，你也一并收入囊中了。荆州七郡，你们已经独占其四！”

周瑜故作诧异的一番言辞，关羽却没有听出其中玄机。他应该想到的，以周瑜的情报网，荆州的这些攻守他怎可能会不知？可是他被得意冲昏了头脑，虽没有答话，脸上露出却一派骄矜。

周瑜微笑着，目光不经意地打量着远处的兵营。

“依曹操性情，失了辎重仍不会退军，反而尽遣精锐冒死攻城！曹操之所以是曹操，就在他常常出人意料，尤善于绝境之中反败为胜。”在关羽目光的示意下，关平接着说下去。

周瑜的目光正在城关上下游骋，听到这里，不由得微微一怔。

关平目视周瑜，一鼓作气道：“第二策，我军一击之后，立刻返城，只守不攻，荆州各处早就固若金汤。父亲盼望曹操别只带二十万大军攻城，那可是对这座雄关的污辱！父亲盼望曹操像赤壁交兵那样倾国而出，再率八十万大军前来，与父亲会猎荆州。”

周瑜听到这里，方将目光从城关收回，落在关平的身上。“壮哉！妙哉！曹操主力尽聚城下，西川刘备就可以乘势进军，收取千里蜀地了。”他一边拊掌赞叹，一边不失时机地朝关平微笑颔首。

关羽目不转睛地凝视周瑜，但笑不言。

“第三策，当曹军血漫城关、大败而归时，我军乘胜出击，先取襄樊，再挥师北上，直逼曹操的老巢许昌！”关平得到周瑜的鼓励，越发兴高采烈，用昂扬的语调宣布道。

周瑜仍旧微笑着。不过，细心的关平发现，他嘴角上扬的弧度似乎更优美了。再开口时，声音里突然就有了一丝揶揄：“听起来像一首诗……”

“第四策，陆地攻防之外，须防曹军水路偷袭！父亲早沿江布防。江岸每隔十里筑下哨楼，预伏战船于险要。曹操水军胆敢来袭，都在我军刀箭之下。”

关平却未听出这揶揄，径自说了下去。

周瑜听完这节，揶揄之色却突然消失了。相反，他忽然一边深深颔首，一边沉声道："恕我直言，曹军水师不值一哂。上将军的江防，不像是防曹军，倒像是针对我江东水师啊——但愿是我多心！"语罢，他转向关羽，目光炯炯地注视着他的眼睛。

关羽却哈哈一笑，"助我者，皆是我友。犯我者，皆为我敌！"说毕，又仰起头来，哈哈一阵长笑："公瑾请上城！好生看看你和曹操都梦寐以求的雄关吧！"

在周瑜听来，这一阵接一阵长笑，比关平的自负自得还要刺耳刺心。

周瑜不动声色，挽着关羽的手臂却不自觉松动了许多。

两人这样且走且说，终于登上了荆州城关。

顿时，一幅天高地阔、江远云淡的散景之外，万千山水势如龙虎，奔至眼前。周瑜目不暇接，一边打量着心心念念的旧关，一边在心里暗自痛惜，这连绵不绝、威武无匹的千里城关，本是东吴的城池啊！

关羽对周瑜闪动的目光视若无睹，他和平常一样，微昂着下巴，雄视着脚下的漫漫雄关。

周瑜的目光掠过远处的哨卡、兵库和营房，正准备往更远更偏僻的地方探寻，忽然再次听见了瓮城方向传来的刀剑之声。和之前听见的相比，这一次的喧闹声似乎平息了许多，然而，那刀剑的打斗声听上去却更加激烈了。周瑜目视瓮城，貌似平静的脸上，掠过一阵不易察觉的阴影。

"公瑾啊，你我都曾饱经沙场，你自己看，如此雄关能被天下任何人攻破吗？"关羽却似乎没有听见那打斗声，转过头来，一边发问，一边用略带讥讽的目光，探寻般地看着周瑜。

周瑜在关羽的问话里回过神来，目光再次久久地、动情地扫过荆州城关。只见城中各处军阵严整、甲胄如山，兵势兵威、兵器军械，无不烫眼燎人！周瑜的脸上渐渐露出怅惘愤恨的妒色。

关羽将周瑜的神情看在眼里，不动声色。

半晌，周瑜终于停止了目光的探寻，长叹一声："雄关无可惧。可惧者……"周瑜话说到一半，目光突然朝关羽逼视过去，大喝道，"可惧者，城上有个关云长！"

与周瑜对视的关羽，不但没有动怒，反而为此话大大地感动了。一抹湿润的晶莹，在他暗青色的眼眶里急促闪动，长长的花白须髯，也激动得瑟瑟发抖……好一会儿，他才将这情感的潮水压制下去，傲然长笑道："嗬嗬……肝胆相照，肺腑之言！公瑾你这句话，胜过万千寿礼啊！"

就在周瑜与关羽在城关上纵情谈笑，以言语杀伐决断之时，城关下的瓮城里，一场剑拔弩张、你死我活的决斗正慢慢接近尾声。是随周瑜而来的护卫们与荆州城的十几个守军。从周瑜第一次听到打斗声，到关羽的护卫们上城禀报没得到确切命令，双方将士越战越勇，似乎都要在与对方的殊死搏斗中找到自身的价值，他们每人心中，都产生了一种类似的幻觉：只要击败了对方，荆州城就在自己手中。可是此刻，经过一番舍生忘死的浴血奋战，地面上已经躺着十几具横七竖八的尸体。在双方都伤亡过半的境况下，活着的勇士依然睁圆了血红的眼睛，朝对面的敌人扑将过去……

城关上时刻关注这场打斗的守军们发现，在双方战阵接近瓮城门洞之后，胜负形势开始渐渐明朗。在周瑜护卫们骁勇顽强的进攻下，关羽的护卫们渐渐丧失了阻挡的锐气，他们一个接一个力不从心地摔倒、受伤、死去，渐渐地，失去了最后的招架之力。

而盘踞在瓮城上方，始终紧张关注着门洞口打斗的守城将士，眼睁睁看着自己的同伴死于非命，无一例外地露出比草木还要灰白的面色，沉痛与焦灼像两条毒蛇在他们的心里纠缠争斗。他们全都心知肚明，虽然身处自家军营，甚至所有的守军都拉紧了弓弩，可没有上将军的命令，谁也不敢伸出手去救援。而此刻正和周瑜谈笑风生的上将军，却不可能下达任何命令。

又过了大约一刻钟，周瑜的甲士们一步一挪，终于杀入了高大的荆州城门洞。几乎全军覆没的关羽护卫至死不愿罢休，他们有的被砍去了双腿，在地面匍匐爬行，有的腹部中刀，整个胸腔被残忍地劈开，可他们都毫无例外地屏住最后一缕呼吸，用手臂、用牙齿，甚至用缠绕在对方剑鞘上的头发，死死地咬住、拖住对方。他们毫不顾惜正在消逝的生命，他们用残存的意志，做最后的搏斗。他们的头颅和四肢在刀枪下胡乱翻滚，溅起的血浆不时地迸上身旁的门洞与砖石。

倘若他们之中，有人在此刻突然站立，并心血来潮往那砖石的缝隙间张望，便可隐约看见一圈圈人工开凿的孔道尽头，正贴着一只只目光灼亮的眼睛。这是城关上守卫密道的弓弩手的眼睛，他们正通过这些暗孔，窥探眼前的厮杀。然而，因为满心的愤懑与焦灼，他们眼中又并无厮杀，只有残酷的刀剑之声，从他们的脚下隐隐传来。

然而，在那眼睛之中，忽然有一只偏离了小孔。顺着那城墙上的哨位看去，可以看见一名身着铠甲的年轻偏将，正缓缓离开了自己的哨位。他环顾四周，又探身远眺，往左走了几步，又往右探了几步。在确定无人注意到自己之后，突然一跺脚，踩下了脚边的机关。

一瞬间，洞砖石间众多黑黝黝的小孔，突然发射出无数银雨般的箭矢。银雨很快覆盖了整个门洞，正在决战的护卫们——无论是关军还是吴军，全部做了这暗器的活靶子。自然，那用于防守的箭矢是浸过毒的。没到一炷香的工夫，几十位勇士已悉数倒地，气绝身亡。

整个瓮城再度陷入了一片令人肃穆的寂静。

大约又过了半个时辰之久，瓮城的守士们看见，从那门洞的尸堆里爬出一个人来。那人披头散发，满脸血污，一只手捂着挂在外面的肚肠，另一只手撑住掀到前额的大半张头皮。从他所穿衣物来看，这浑身鲜血的甲士系属东吴。他完全无视四周刀枪般密集的守军，正艰难地爬出城门洞，往城内一步步匍匐而行。如血的残阳好像一轮昏黄的圆月，忧伤地照在他的脸上、身上，有瓮城守军认出来，他是周瑜十三护卫的首领！

那周瑜的护卫拖着殷红的血迹朝城内爬去，在离他不足百米的地方，就是那座他要去焚香祭拜的祖庙。

城关上所有将士的目光，都被他紧紧地攫住，所有人都一动不动。

那护卫的血迹，从城洞蔓延到了城中，从砖石蔓延到了石阶，就在离庙宇入口不到两步的地方，却忽然凝滞住了！那护卫在经过艰难的跋涉之后，忽然仰面向后，缓缓躺倒了下去。他终于失去了最后一缕前行的气力。

荆州城内守军将士们的目光也随之凝滞了。有那么一刻，他们忘记了自己，忘记了周遭的一切，就这么静静地、忧伤地望着他。

就在双方护卫拼死鏖战、血肉飞溅之时，周瑜、关羽正漫步城关之巅的亭阁前。这是整个荆州城关的至高处，是关羽每日巡关的终点。此刻，它正沐浴在辉煌的夕照之中，发出黄钟般沉着的金光。周瑜默默打量着这亭阁，只见四根油漆铮亮的木柱内，除了一几一案与四野清风之外，并无他物。在为关羽的简朴短暂吃惊之后，周瑜又油然生出一缕嫉妒。伫立如此雄壮的城关之巅，再简陋的亭阁也无损他的威风吧！

一番礼让之后，周瑜与关羽走进亭阁，隔案而坐。那案上除了两具酒盏，几乎空无一物。两人的随将吕蒙、关平各自按剑，伫立在后。

两人目示对方，双双举盏，一饮而尽。饮尽之后，关平立刻近前，亲自执壶，为二人斟酒。

“请公瑾直言，为何来我荆州。”关羽放下酒杯，沉声问道。

“拜寿。”周瑜沉声应答。

关羽面露不屑，微微一笑，露出根本不信的神情。

周瑜站起身来，双手执盏，高过面首，恭敬地向着关羽，高声道：“晚生周瑜一拜。祝上将军刀劈千军，威震天下；福如东海，寿比南山！”

周瑜说罢，也不看关羽，并举起杯盏，一饮而尽。

关羽目不转睛，凝视周瑜，只微微一笑，细啜一小口，矜持道：“领了。”

周瑜没有应声，又再次举盏过首，恭敬高声道：“晚生周瑜再拜。愿上将军北拒曹操，东和孙权。如此，方能保荆州太平。”

关羽听了，不由得浑身一震，愕然道：“北拒曹操，东和孙权……这话你怎么知道的？”

周瑜微微一笑，平静道：“看来我没有料错！孔明临走时，果然给你留下了守荆州的八字方略。”

关羽沉吟半晌，忽然面色一缓，叹息道："你猜得不错，孔明确实留下了这道方略。不愧是名闻天下的周公瑾，你方才所料，不但字字无虚，连谨慎矜持的语气，都与孔明一模一样。唉，回头我告诉孔明，你二人比恩爱夫妻还要知心！"

两人再次举盏饮尽杯中酒，待杯盏第三次被关平注满，周瑜又第三次举盏过首，恭敬高声道："晚生周瑜三拜。请上将军把荆州城归还我东吴。即刻！"

关羽闻言，心中一惊，忙捺住面上的惊诧，目视周瑜，冷冷道："这'即刻'二字，好生有趣！"

周瑜却面不改色，用沉郁的语气接着道："此前，鲁肃三次索要荆州，都被上将军以种种理由推脱。我主大度，一忍再忍，却又被你视为软弱可欺。为何？因为孔明料定了，江东不会为了一座荆州城而坏了孙刘之盟，致使曹操得利。上将军啊，晚生有一言，极想斗胆禀告。"

"讲！"关羽已面有愠色，却仍旧耐住性子道。

"周瑜有好德之心，却无容奸之量！这次索要荆州，乃是最后一次！"周瑜无视关羽怒色，仍大声道。

周瑜语罢，执盏之臂凝滞空中，目光紧逼关羽。似乎那杯盏是把匕首，犹豫是否要立刻往关羽投掷而去。

关羽却无视他的激动，只用两指缓缓拈动花白的须髯，再次冷冷道："否则呢？"

"否则我们自取！宁肯天崩地裂血漫雄关，荆州也必须归于东吴！"周瑜的话语掷地有声，脸上的神情也随之激昂起伏，整个人似乎变成了一名奔赴沙场的勇士。

关羽的眼睛似乎要冒出火来，胡须一阵乱抖。

“鼠辈！城上有关羽，你取得了荆州吗？”他大声喝问。

“江东有周瑜！只要一息尚存，必取！”周瑜也大声怒怼。

“如何取？”关羽冷笑着，眼中的火苗变成了火焰，似乎要用目光将周瑜燃为灰烬。

“不知道……禀上将军，现在我真的不知道如何才能攻得下这座荆州城。我只知道，终有一天，这座城关上会飘扬我东吴大旗，而这案上会放着一位英雄的头颅，江风吹动他三尺长须。此人头颅虽断，两眼圆睁，千古大错，悔之晚矣！而周瑜长拜于他灵前，洒泪祭酒，痛不可当！痛啊，痛！痛穿千古！”

周瑜长歌当哭，一语尽了，独自昂首饮尽杯中之酒，然后轻轻将那酒盏置于案上，仿佛那就是关羽的头颅，已经被他割下的头颅。

关羽见此情景，不由得勃然大怒。他忽然奋力站起，怒声道：“周瑜你听着，你我今日，便是永诀。待攻城那天，我再让你死于万弩之下！”

周瑜已经恢复了平素的自得，此刻用近乎悠然的语气慷慨道：“云长啊，你可知道，你我无论谁死了，都会大快人心。而最开心者，莫过于曹操啊。”

关羽一怔，不过很快就明白了周瑜此话的含意。他也迅速平复了自己，颔首微微一笑道：“公瑾多虑。你怎么知道，届时最高兴的，不是我家主公呢？别忘了，大汉不姓曹也不姓孙，大汉姓刘！”

一言既了，他也不看周瑜的反应，举起手中的杯盏一饮而尽，而后随手一挥，将周瑜置于案中的酒盏猛地往地上一扫。接着，又将自己手中的酒盏，往案上重重一顿——

“公瑾自重！”关羽皱着眉，对周瑜冷声道。

“云长千秋！”周瑜的眉头微蹙，声音比关羽的更冷。

二人语罢，同时步出亭阁，往相反的方向转身。无论是周瑜身后的吕蒙，还是关羽一旁的关平，都难以置信地盯着对方的背影，从前倾的肩膀与僵硬的步伐看出，双方都在竭力遏制心头的烈火。

骄矜的关羽没有想到，谨慎的周瑜会公然讨要荆州并发出威胁，这对他来说不啻是种侮辱；而周瑜自己呢，他也没有想到拜寿会变成公然讨伐，这是连他自己也没有料到的。事实上，谁又能料到呢，在离开江东怀抱十六年之后，大都督周瑜的首次“巡关”荆州，会以一语不合之后的互相宣战收场。

第 二 章

主公赐剑

苍茫的暮色中，一艘身形阔大的战船，正伴着暗灰色的长影在平滑如镜的江面上疾行。从船首插着的大“周”字旗和水手的穿着上可以看出，正是那艘曾经卡在荆州水道上进退不得的战船。不知何时，它已恢复了原来的昂扬雄姿，正顺着水流徜徉而下，行驶在返回东吴的水路上。

一眼望去，和来时相比，它并没有什么两样，然而，明眼人却一眼就能看出，一切已经和原来完全两样了。

最醒目的，是船首“周”字大纛下的座位一片空荡，大都督周瑜没有像来时一样稳坐其中。不仅如此，原本站满甲士的甲板，也露出了异常的空旷。只在靠近船尾的地方，并排横躺着两位死去的甲士。从他们的脸庞和装束可以辨认出，正是大船受阻时最先跳入水中铺设盾桥的护卫。

不多时，只见吕蒙阴沉着脸，从船舱走上甲板。大概是为了认清两位甲士的身份，他突然蹲下身，猛地扯下了两名甲士的头盔与铠甲。顿时，两名甲士紫色的脸庞和发青的胸膛一下子显露了出来。显然，他们是被水溺死的，而且从尸首的颜色看，他们已经死去多时了。

周瑜不知何时从船舱走到了吕蒙的身后，见此情景，他一言不发，只默默凝望着两位死去的勇士，似乎在哀悼，又似乎陷入了沉思。

“他们在水中窒息太久，直到大都督登岸后被弟兄们扯上来，已经无救了。”吕蒙沉声道，既在感叹，也是向周瑜禀报二人的死因。

周瑜英俊的脸上浮现出痛楚之色，眼中的神采黯淡了下去。他久久地望着这两张年轻的脸庞，良久，才微微转过头，哑声问：“其他护卫呢？”

“与关羽护卫血战而亡！”吕蒙恨恨地回答，想了想，又补充道，“首领死在进香的路上。”

周瑜的胸口传来一阵穿心的剧痛，好一会儿，才稍稍平息下来。他又立刻将目光重新转回死者身上，细细地上下打量，似乎在寻找让他们致死的蛛丝马迹。忽然，他伸出手来捅了捅吕蒙的胳膊，示意他赶快看向死者的脚掌。吕蒙会意，忙一把扯下那人的战靴，果然，立刻有一股血水如一线细细的冷泉，跃过吕蒙的手臂，浇入一旁的江水。只见一个血肉模糊的窟窿，赫然出现在那人的脚心。

“早该料到的。那关羽深知我东吴将士水性，水下不光设了铜铁阻挡，还埋伏了数不清的锋利凶器，专等我们走水道啊！”周瑜仰面叹息，眼中一道晶莹的光亮璀璨夺目。

吕蒙瞠目怒道：“关羽好毒辣！”

周瑜看了吕蒙一眼，默默摇了摇头，脸色的悲伤渐渐被沉思之色所代替。

“此人表面傲慢，心中却别有一番谨慎。仅从那条水道就可看出，他已经对东吴水师了如指掌了，所以才会这样提防。关羽真乃天赐良将，五百年一出啊！这样的人，死了可惜，活着可恨，不死不活——可惧！”

吕蒙吃惊地抬起头，他发现大都督周瑜在说到“可惧”二字时，眼中竟然流露出一丝不易察觉的恐怖！

“的确，从今日的寻访可以看出，荆州水道、门洞、箭台、瓮城，处处明枪暗箭，防备十分森严。”吕蒙沉吟着，附和了一句。从明里看，他这是赞成大都督的意见，但事实上，他在竭力将大都督往理性的思路上拉。关羽没那么玄乎，不过是正常防守罢了。这才是他真正想表达的意思。

“我们今日所见，只是关羽故意让我们看见的！我们没看见的杀机和险要之处，至少是我们见到的十倍！”周瑜却没有理会他的意思，反而进一步分析着关羽的可恨与可怕。

“末将登上城关后，初初一望城中，大小军营有十余处，守军不下于七八万。大都督，他们怎么没被孔明带往西川？刘备在西川急需用兵啊。”吕蒙无法，只得顺着他的意图说下去，不过，他不无巧妙地将话题转向了另一个方向——攻城时机上。

周瑜闻言，眼中的亮光再次闪烁了起来，不过，他的声音却又还是愤恨难抑。“因为在孔明眼里，荆州之重，不下于西川。”他答道。

吕蒙沉默了，思索了一会儿，方再度开口道：“大都督，照你看，江东集全部精锐，攻得下荆州吗？”吕蒙竭力让自己的声音听上去充满期待。

周瑜正凝望远处越来越模糊的荆州城关，听罢此言，目光突然凝滞不动了。他似乎在思考，又似乎在犹豫。直到吕蒙以为自己听不到回答了，方低声道：“攻不下！”

吕蒙一下子瞪大了铜铃般的眼睛。“真的攻不下？”他的声音里有不甘，更多的是不信。

“真的攻不下！”周瑜的语气却肯定得不容置疑。

吕蒙却还是不信，他大叫起来：“我不信，凭大都督的智勇韬略，竟然攻不下一座城池？”

又是一阵沉默，一阵长得几乎没有尽头的沉默。

“凭我的智勇韬略，取荆州万难！我原以为，荆州城唯一的弱点就是关羽的傲慢，骄兵必败。但今天看来，是我错了……”周瑜的声音渐渐低沉，末了，还不忘叮嘱吕蒙，“不过，此话休叫主公知道。”说罢，慨然长叹，闭目不语。

吕蒙一下子陷入了绝望，喃喃自语道：“可你刚刚还当面正告关羽，说必取荆州！”

周瑜面色沉痛，语调再次激昂起来：“是的，必取。不取荆州，江东只能苟活于今天，永无明日！”说毕，他好像再次清醒过来似的，望望吕蒙，又望望已在甲板上被搁置太久的死士，低声道：“先送两位弟兄上路吧。”

说毕，周瑜径自进了船舱，从那舱壁上悬挂着的一剑一箫中取下一支乌色的洞箫，又转身步上甲板，在高高翘起的船首盘起双膝垂首而坐。此刻，绚烂的夕阳已渐渐西沉，淹入青灰色的大江。一阵凄凉的江风，和着一层薄薄的水雾，骑着一圈圈温柔的海浪，朝他涌动着、吹拂着。他无视吕蒙和周围的将士，面朝大海，凝神屏息，缓缓奏响了一支古曲。霎时，一股难以抑制的悲伤，像一团无形的呜咽，在一人一箫的四周，萦绕盘旋……

甲板上，吕蒙在曲声中指挥水手们为死士送行。水手们用宽大的丝绸将死士的头颅包裹住，又在他们的脖颈上系上一枚闪亮的吴钱。然后，便笔直地托起他们的上半身，让他们已经涣散的目光，正好凝视着吹箫的周瑜。

那乌箫在周瑜的手中仿佛通了灵性，在发出如泣如诉的哀音的同时，通身闪烁着凄绝哀艳的光。众人正沉浸在乐声带来的哀思之中，突然，仿佛异峰突起，又仿佛神祇降临，那箫音发出一阵撕心裂肺的蜂鸣。就在那让人惊颤的鸣叫声中，两位死士被水手们推入了长江。

滚滚江水以翻滚不已的浪花收纳了两位江东子弟。

江风狂烈地呼号着，浪花激烈四溅，巨大的战船以一种悲怆难言的姿态疾速往东行驶。

盘踞在船首的周瑜，被一团团江风裹挟着，在颠簸起伏的船首上高高地翘起。远远望去，犹如绽放于江心的一朵白莲。

不知过了多久，那箫音终于渐渐和缓，回到哀伤的曲调。伫立船尾的吕蒙仰面朝天，跨足而立。顺着他恨恨的目光，可以看见晚霞已经燃烧殆尽，暮色从大际徐徐褪落。只有他们身后的雄关，不但没有因此黯淡，反而在朦胧的光线里更加璀璨，在吕蒙和周瑜的眼中，它甚至比他们来时还要巍峨壮丽！

只是，在船舱，在甲板，原本站满十八勇士的地方，已悄无一人、空空荡荡……

就在吕蒙伫立船尾极目远眺之时，关羽关平父子，也正站在荆州城关之巅，目送远去的东吴战船。

“平儿，你觉得周瑜会来攻取荆州吗？”关羽凝视那面渐行渐远的“周”字大纛，语调听上去有几分忧虑。

“绝对不敢！”初生牛犊不怕虎，关平的声音充满了底气，似乎有着无穷无尽的自信。

“哦？为何？”关羽有点惊诧，挑着眉毛追问道。

“一者，孙权知天意，识大体，不会为了一座城池跟刘皇叔反目成仇，毕竟曹操才是孙刘双方最大的敌人。其二，我军早不是赤壁之前的弱旅了，我们的军力已比当初壮大了十倍！”关平成竹在胸，朗朗应答。

“说得好！”关羽颔首，拈动嘴角的胡须，微笑着。

看着父亲的笑容，关平似乎受到了鼓舞，继续兴奋地侃侃而谈：“嘿嘿，还有呵。父亲令他亲眼看见荆州之强固、军备之精良，而且一语道破他暗藏贼心！周瑜再是狂妄，也不敢以卵击石啊。父亲，儿觉得周瑜有句话说得不错——雄关无可惧，可惧者，城上有个关云长！嘿嘿……”关平越说越溜，越说越得意，渐渐地，话锋由尖锐转为流畅，如一汪倾泻而下的长江之水。

“住口！”关平说得正高兴，忽然听见父亲一声棒喝。

关平的得意戛然而止，取而代之的，是一脸的惊骇与惶恐。他突然发现父亲的脸色越来越青，越来越白，不待他住口，父亲的脸部线条已经被愤怒扭曲得变了形。

“关平，如果你这般得意扬扬，迟早要死在周瑜手里！”关羽冷冷地叱道，语调比冬天的寒冰还要冷。

“父亲……”关平迟疑着，困惑又惊疑。

“你记着，周瑜肯定会来攻打荆州，孙权等辈根本拦不住他。周瑜一日不死，荆州一日不安！就算周瑜死了，阴魂也会来犯我荆州！”关羽目似长江，语调沉重，那如临大敌的神气，似乎已经看见周瑜的大纛出现在城下的水面。

关平心口一震，虽还心存疑虑，只是再也不敢多问，只颤声回道：“儿明白了。”

不待战战兢兢的关平再说上片言只语，关羽已转过头去，愤然举起青龙偃月刀，跨上那一直守候在旁的赤兔马。那畜生立刻发出一声悠远的嘶鸣。在涟漪般飘荡而去的长嘶声中，关羽又将余怒未消的赤脸朝关平回转了过来。“继续加固城防，整军备战。”他呵斥道。

“遵命！”关平折下腰去，大声应道。

关羽扬鞭策骑，一路风驰电掣，驶下城关。沿途的将士见了，纷纷面露敬畏，严阵伫立。当那赤兔马的马蹄再次踏过先前踩着酒葫芦的地方时，心细如发的他不忘再次检视脚下。只见那里已换上一块青黛色的簇新石板，马蹄敲击之下，发出一声坚实的回音。直到此刻，他脸上的冷峻之色，才如初春的寒冰稍稍和缓开来。

和春寒料峭、冰雪未尽的荆州不同，大都督周瑜拼命赶回的吴州，因身处江南腹地，此刻不要说寒冰，就连初春的薄雾也早已消失不见。温暖的节气与滋润的湿度，让这里早已娇蕊鹅黄芬芳处处，如烟如雾的绿野枝头，绽满姹紫嫣红千娇百媚的花朵。

在吴宫花园的绿荫深处，有一株普普通通的桃树，在那云蒸霞蔚的枝头，一颗珍珠般晶莹的露珠正顺着花枝往下流淌。眼见它越淌越大，越积越重，细细的花枝就快挂不住了，那粒雨露凝成的珍奇即将脱离枝头，坠落在地。然而，就在它在半空垂落之时，一道弧光凌空而至。一柄寒光闪闪的长剑，像一道冰冷的虹影，在空中衔住了它。瞬间，它被吞没、击碎、打散……

无数的碎玉飞溅开来，将身旁的一株梨树惊得一阵颤抖！

执剑的不是别人，正是东吴主公孙权。他的剑术灵动有致精妙异常，劈、刺、斩、扫……一整套让人眼花缭乱的动作，或疾如闪电，或稳如泰山，或像压山之鼎，有千钧之力，或如涓涓细流，奔入星河月海……

孙权舞动着，那剑尖旋转得越来越快，剑气也越来越凶狠，一滴、两滴……更多的露珠被他的剑锋击碎，化作一注注随风而逝的飞沫，四周的桃树、梨树、各种不知名的花树被他的暴戾之气震得瑟瑟发抖！

他胸中似乎郁积着无数愤怒，而要排解这些愤怒，须要杀尽万物，方能罢休。

眼看那桃树就只剩下光溜溜的裸枝了。偏又有一颗硕大的露珠，沿着一缕细枝流淌下来。它流淌着，流淌着，最后停在了那可怜兮兮的枝头，盈盈欲滴。

孙权的长剑没有犹豫，它像一尾妖娆的银蛇晃着身子朝露珠扑来，然而，就在吞噬就要发生的一瞬间，那握住长剑的手腕却一个急旋，将剑锋硬生生凝住，剑尖停在了半空——

那树下不知何时已站了一个人。那闪着凌光的剑锋正紧贴那人的脖颈，如若再迟延半分，那人已血溅当场。

那人呆呆地望着孙权，脸上露出木讷的神情，口内讷讷道：“主公瞧清楚了，剑下之人不是周瑜，是我鲁肃……”

那露珠终于从花树的枝头坠落下来，砸在鲁肃温厚忠实的胖脸上，那水滴顿时碎了，顺着那面庞雨水般地流淌。

孙权苦笑着，一个挥手将长剑插入鞘中，望了眼鲁肃，歉声道：“得罪先生了。”

鲁肃抬起袖子拭干脸上的露水，对孙权笑道：“主公剑术越发精妙了，已到了随心所欲之境。”

孙权也笑了，不过，那笑意像那刚落在地上的水滴，只闪亮了一下就消逝了。

“哦，天下真有随心所欲的人吗？”他的声音平淡中带着一丝悲哀。

“有哇，主公您！方才，主公剑势迅猛至极，谁能在半道上收得住？而主公却收住了！此剑如在旁人手里，吾命休矣。所以说，主公心便是剑，剑便是心，心剑如一，随心所欲，已臻化境……”鲁肃笑道，听得出，他的赞叹是发出内心的，充满忠诚又热烈的意味。

不料鲁肃话语刚落，孙权突然又再次拔出长剑，往身旁一块淡青色的太湖石当头一劈。只听“砰”的一声，那长剑瞬间断为数截。孙权手中顿时只余一段数寸长短的残剑。对这把破损的残剑，孙权看也不看，只“咣”的一声，将它重新插入剑鞘。

“剑碎了，仍能归鞘。心碎了，欲归何处？”孙权闷声问，表情沉郁又痛苦。

鲁肃无法回答，只呆呆地望着他。

“为人主者，如果随心所欲，必定误国误天下。做大都督的则不然了！”孙权低头看剑，又道。

鲁肃如遭电击，想说什么，却终于没有说出口。

孙权略顿一顿，又淡声问：“子敬，你来何事，请说吧。”

鲁肃面色微微一暗，沉声道：“前天五更，公瑾擅自前往荆州，以贺寿为名面见关羽。水师将军吕蒙护驾。”

孙权的神情更加萧索，他只潦草地点了点头，“知道了。”

“公瑾此行，意在探关。荆州一直是他心头刺。现在，他又动了攻打荆州的心思。”鲁肃边说边用眼角的余光留意孙权的脸色，好让自己的话锋能随机应变。

“人家是大都督嘛，都督且大哉！自然随心所欲，已臻化境。”孙权的声音陡然冷峻了起来，笑容里也多了几分讥讽。

鲁肃赶紧道：“禀主公，公瑾此行虽然有些莽撞，但他是为东吴大业才只身赴险，不避斧钺……”

“这我也知道！”孙权嗔断他，脸上已经有三分难抑的怒色。

鲁肃也一下子窘迫起来，再次讷讷道：“既然主公什么都知道，在下就不知该说什么了。”

“子敬，我问你，谁是江东之主？”孙权却不愿放过他。

鲁肃一惊，忙低头凛然道：“主公！”

“可公瑾擅自前往荆州探关，如此冒失之举，百官竟无一人敢阻拦！如果有一天，公瑾不是擅自探关而是擅自出战，江东谁敢阻拦？谁能阻拦？”

孙权的声音越来越大，重复最后一句时已近咆哮。

鲁肃已是眼观鼻、鼻观心，即使再愚笨的人，也知道此刻能有的回应唯有沉默。

鲁肃虽沉默着，可脸上的每一缕表情又似乎都在替周瑜辩护，似乎在说“那怎么可能”。

孙权看他一眼，似乎一下子就看穿了他的心思，冷笑道：“怎么就不可能？周大都督功高盖主，江东文武早就对他敬畏交加！”

“唉！”鲁肃唯有一声长叹，应和道，“主公果然什么都知道。”

孙权正要再说什么，一名侍者匆匆近前，往孙权所在的方位一个折腰，禀道：“禀主公，大都督进宫了。”

孙权的脸色微微一变。

“禀主公！”鲁肃忙道，“虽然公瑾不逊，但为大局计，主公还是迎他一下吧！”想了想，不待孙权回应，又小心翼翼地补充道，“哦，在下去替主公相迎。”

孙权叹了口气，脸上的表情渐渐和缓了下来。

“子敬啊，夹在我和公瑾当中，让你为难了！”孙权低声道。

鲁肃的脸也渐渐放松了下来，笑道：“遥想当年赤壁大战，我夹在公瑾和孔明当中，那个为难啊，几乎是生死两难。但是为难的结果又如何呢？东吴大获全胜，天下鼎立三分！”

孙权也不自觉地微笑了，眼睛一眨不眨地凝视鲁肃，感叹道：“厚道哇！古往今来，从来不缺聪明人，更不缺厚道人，独独子敬这样既聪明又厚道的人，实在是不多见啊！”

直到这时，鲁肃的笑才有了一点真实的意思，他的厚嘴唇咧着，右脸上的一颗痦子一阵抖动。

孙权笑完，想到马上就要见到周瑜，面色又不自觉地沉了下来。

“还是敢请主公亲自迎一下周公瑾。”鲁肃低下头，朝孙权拱手。

孙权却乍然变色，嗔道：“不！我病了。子敬你刚才亲眼看见，我病得厉害不是？告诉公瑾，不见！”

不待鲁肃反应过来，孙权已携着那把断为几截的残剑，转身往吴宫大堂的方向去了，只留下鲁肃一人怔在原地，仰望天空，发出一声长叹。

没有办法，鲁肃只有自己去迎大都督周瑜。

周瑜踏着向上的台阶，一眼看见站在吴宫阶下的鲁肃时，感觉像个闯了祸事等待惩罚的孩子，那眼神里带着焦虑不安，笑容既忧愁又关切。

周瑜昂首朝他走去，一面促狭地微笑着，一面远远地长揖道：“子敬是在迎客呢，还是在挡驾？”言罢，又装出一副害怕惶恐的样子，走到一边，垂手肃立。

不想平素忠厚可亲的鲁肃却不想玩笑，只将胖脸一板，对着他庄严道：“主公病了，谕百官——停政三日。”

周瑜微微一怔，脸上的笑容好像一下子被抹去似的。

“明白了……罪在周瑜！”他低语道。说完，低头想了想，又补充道：“子敬啊，那我更得面君请罪了。”

鲁肃叹了一口气，刚刚舒展的眉头又紧皱了起来，也低语道：“公瑾啊，恕我直言，我知道荆州是你心头一根刺。可你知道不知道，主公心头扎着两根刺，一是荆州，一是你！”

周瑜微笑了，英俊的脸上露出一缕天真的狡黠：“人君嘛，心头自然比臣下大两倍。”

鲁肃不觉哑然失笑，笑完又突然意识到什么似的向两边看看，两名甲士会意，退下回避了。见四面无人，鲁肃方低声问周瑜：“公瑾，荆州城防如何？”

“铜墙铁壁，固若金汤。关羽横刀向北，却注目于东。”周瑜目视鲁肃，简短地回答。

“注目于东……吴？”鲁肃惊讶地瞪大了眼睛。

“正是。”

“为何如此提防我们？孙刘两家是盟友哇，荆州可是我们借给刘备的。”

“那是主公失策，人家早将它视为已有。”

听周瑜批评主公，鲁肃怫然不悦：“公瑾慎言！不借荆州，便无孙刘联盟。无孙刘联盟，就没有赤壁大捷，亦无东吴今日之盛。”

从某种程度上说，鲁肃说的完全符合逻辑，况且也是无可争辩的事实。

“但是荆州成就了另外一个大敌——刘备。”

可从心系东吴疆域的大都督周瑜来说，他看到的事实却集中在另外的方面。

“刘备虽然日渐强悍，却非敌，仍为我东吴抗曹之盟。公瑾啊，如果你一心将其视之为敌，那么，倒可能真的把友逼成敌！”鲁肃掷地有声，自认为在向周瑜道出他的盲区与谬误。

周瑜却又露出常有的那种矜持的微笑，不急不缓地道：“孔明的守荆方略是‘东和孙吴，北拒曹操’，这不失为盟之道。关羽则不，他防吴之心甚于防曹。东吴在关羽眼里，早就是亦盟亦敌了！与孔明之伪相比，我更喜欢关羽的真性情。”

鲁肃听了，沉吟一会，觉得周瑜的道理的确更深一层，不由得长叹一声，问道：“那，依你，如何才能索回荆州？”

“开战。”周瑜的回答毫不犹豫地回答。

鲁肃吃了一惊，脱口而出：“不可！”思索一会儿之后，又急切地叮嘱道，“公瑾啊，待会见到主公，千万不可提‘开战’二字！”

周瑜一直凝神注视他脸上神色的变化，此刻会心一笑道：“好，不提。我学子敬——大事在心不在口。”

鲁肃目视周瑜，用明显比方才低沉得多的语调叹息道：“唉，大都督不知道，主公实在是病得不轻啊！”

这一次，会意的周瑜没有回答，或者说，他的回答只是他常有的那种矜持的微笑。

周瑜跟着鲁肃来到吴宫大堂时，堂内正飘荡着典雅清越的钟乐。一架龙凤呈祥的屏风将大堂从前往后一分为二，堂内东西两边各伫立着一座大小不一、依序排列的编钟，编钟的面前，站满姿容秀丽、身形袅娜的宫女。她们时而眉目低垂，时而仰面朝天，而手中的鹤首槌却始终不离眼前的编钟。听得出来，乐音故意由两边阵势交相伴奏，形成对垒之势，在互相应和补充的同时，又不失错落映照的韵致。

初闻雅音的鲁肃与周瑜，感觉神清气爽的同时，心里油然生出一阵肃然起敬之意。

等到两人走近了，才看清两排敲钟的宫女队伍左首的是小乔，右首的是孙权的女儿青萍。显然，其他宫女是在她们俩的指挥之下敲击编钟。从整体的乐声听来，她俩既配合默契，又像在互相竞技。

两人在乐声中走进大堂。鲁肃对编钟和宫女视而不见，他一眼瞥见屏风上斜挂着那柄王剑，心里突然升起一阵不好的预感，主公为何隐匿自己的同时，又将这残缺的王剑悬挂于此？不觉中他的脚步有些踌躇，心里犹豫该不该继续往前。而周瑜忽见小乔，却忍不住面露喜悦，虽然探关荆州来回不过短短两天，可对他而言，每次见到小乔，都像一次久别重逢。他不自觉地走近她，轻轻将她垂落于面庞的一缕黑发绾向鬓后。只要她在，他就没法不看她美丽的面容，不管四周有多少美女丽人。

而小乔显然也清楚这一点，因此，当她的周郎在大堂之上这样做时，她虽目不斜视，嘴角却不自觉地上扬，她的幸福和她的笑容一样，无法自遏地流露而出……

然而，乐极生悲的事情发生了，正在敲击编钟的小乔因为动情，突然失手击错了一只编钟的部位，美妙的音律被一个明显的破音破坏殆尽！

宫女们纷纷诧异又惊恐地转过头来，视线集中到小乔的身上。那意思是，你怎么了？你怎么能这样？不但把好端端的乐曲给毁了，而且接下来让我们怎么办？

大堂另一侧的青萍也望着小乔，那眼神却充满了嘲讽和调侃，不仅如此，她还举起钟槌，故意再次击打了一下面前的编钟，在小乔刚刚击错的那个部位。她通过夸张地重复小乔刚才敲出的那个刺耳的错音，提示包括小乔在内的所有在场的人，小乔犯错了，她敲钟的技艺不如自己！或者直接一点说，她赢了！

小乔窘迫到了极点，她低下了头，不仅不敢看鲁肃，连她的周郎的目光也不敢碰触了。

周瑜见了小乔的窘态，不自觉地皱紧了眉头，而鲁肃却好像对这一切都视而不见，他只关切地紧盯着眼前的屏风。如果他没有猜错，此刻，主公孙权正躺在屏风之后。

果然，从屏风的后侧传出孙权一声沙哑的叹息："音律突生错乱，料是公瑾到了。"

顿时，满堂的声息都静默下来，包括青萍那组的钟乐，所有的目光都聚焦到了周瑜的身上。

周瑜不慌不忙，恭敬地向屏风揖拜："周瑜向主公请罪！"

屏风后的孙权却并不理睬，只缓缓从床榻上坐起，两眼凝望着远处的虚空，半晌，才沉声道："钟乐怎么停了？《殇》未尽嘛！"

小乔与青萍很快对视了一眼，立即继续敲响了眼前的编钟。那首曲调优美的《殇》，就从刚刚破裂的音律开始，继续倾泻流淌下去。其情形，就犹如一匹断裂的丝帛，在处理完一根跳纱之后，再次平滑、优雅地舒展开来。

在这乐曲流淌之时，屏风内的孙权，一直在对着某个看不见的地方虚空凝望，而屏风之外的周瑜，则一动不动，始终保持着揖罪的姿势。

终于，乐曲最后一个跳动的音符静止不动了。孙权这次准确地踩着乐点的余音，从屏风后面大踏步走出。

周瑜和鲁肃一见到他，便立刻深深地弯下腰去，长揖再拜。

孙权的目光却没有扫向他们，而是在扫视了小乔与青萍之后，停在了她们身旁两座巨大的编钟上。

“丫头们，知道吗？这些编钟造于楚，取昆仑之铜，采雷电之火，蕴蟠龙金凤之意，发如梦如幻之音。这类形制的编钟，楚王共铸造了七座，四座已毁于战乱。哦，听说是毁钟造箭了。料想那些箭镞早已饱饮鲜血，射穿了无数英雄的心肝。如今，存世编钟仅三座，两座在此，另一座在曹操的铜雀台。赤壁大战后，刘玄德送我骏马三千、钱百万，想索要一座编钟。他的意思我明白，无非是告诉我神州玉碎，天下三分！但我舍不得送他。因为，我已经送掉一座荆州城了，绝不能再送掉一座编钟！”

他的声音深情又饱含威严，脸上的神色更是爱恨交加、痛苦难当，仿佛有一支饱含毒汁的箭矢，正穿越厚重蒙昧的时光，朝他的心房穿射而来。

周瑜和鲁肃深深动容了，殿下的宫女们也露出了心惊胆战的神色。主公这样说还能有什么意思呢？无非是她们刚刚错击了乐调，准备要处罚她们罢了，虽然真正犯错的并不是她们，她们隐隐地这样担忧。

“小乔！”孙权突然喊道。

跪在地上的小乔心里一慌，忙站起身，施礼答道：“主公。”

孙权也不看她，只随手一抬，指着她眼前的一座编钟，淡然道：“这座编钟送你了。”

小乔花容失色，颤声道：“主公！……”

孙权忙朝她做了一个安抚的手势，微笑道：“我知道，你三天两头进宫来，并不是惦记我，而是惦记这座编钟！刚才我听了你奏的《殇》乐，真正感觉到清正雅重，大有古乐遗风。这编钟今天就抬到大都督府去吧，省得你天天跑路！”

小乔不敢作声，惊骇的神气从她的眼珠慢慢扩散到全身，她完全不知该如何应对。她的嘴唇哆嗦着，两条腿瑟瑟发抖，整个人看起来像一头受惊的小鹿。

周瑜的眉头皱得更紧了，不过他依然保持着弯腰作揖的姿势，宽大的袍袖遮住了他的面容。

鲁肃目不转睛地望着孙权，在摸清主公的意图之前，同样不敢进言。

殿下宫女们的神情也形色不一，有的惶恐，有的瑟缩，有的和小乔一样惊疑不定。

幸而这样的疑惧并没有僵持多久，大殿右侧的编钟就传来一声清脆的击音，是板着脸的青萍再次故意击打小乔刚才发出的错音。一贯任性的她在用自己的方式提醒父亲，这不公平，自己的技艺更好，更该得到一座编钟。

孙权会意，马上朝青萍望了一眼，笑道：“丫头不要嫉妒嘛，我也送你一样东西。”

好像一件锋利的凶器突然落地，宫女们的神情顿时一松。

鲁肃顺着周瑜的目光，饶有兴致地望着青萍郡主。

青萍听了父亲的许诺，立刻展颜一笑，嘻嘻问道：“真的？爹送我什么好东西？”

孙权也笑了，煞有介事地指了指自己胸脯，道：“好东西！孙权。”

青萍一听，又转喜为嗔，佯怒道：“孙权本来就是我爹！为爹的，怎能把原本就属于女儿的东西，再送女儿一次哪？”

孙权怔了怔，不过很快就反应过来，改口道：“嘿……责得有理！这样吧，日后我送你一位夫君。此人嘛，稍胜于孙权，稍弱于周郎。青萍啊，你觉得这等英雄配得上你吗？”

青萍面色一红，几乎是下意识地朝周瑜的身后望了一眼。很快，她又羞赧地低下头去，娇嗔了一声：“爹！”

鲁肃见状，露出了会心的微笑。

可看着有说有笑的孙权父女，周瑜和小乔却陷入了更大的惶恐与不安。

对周瑜而言，在听到孙权赐钟的一瞬，周瑜的心里便“咯噔”一下。他虽没有一下子跪倒在地，双膝却不自觉地一软。他完全明白，主公名义上是将编钟赠予小乔，实际是赐他周瑜厚恩。想到自己刚刚得罪了主公，甚至可以说是冒犯了君威，而主公惩戒他的方式，竟然是赠送一件国器！这其中利害，连傻瓜也能猜测得出来。

而与他心意相通的小乔呢，自然是明白这一点的。起先战战兢兢、勉强站立的她，趁着孙权父女互相打趣无人注意自己，猛地跪了下去。到孙权再次注意到她时，已经发现她整个身子匍匐在地，大颗大颗的眼泪珍珠般垂落。

“小乔……你这是何意？”

孙权的声音饱含威严，可在周瑜的耳中，这威严之中却已夹杂着几分愠怒。

“主公厚赠，令人心碎……可是周瑜何以为报啊？”周瑜忙上前一步，挡在小乔的跟前，腰深深地朝孙权弯了下去，泫然欲泣。

“你心碎什么？我又没有赠你！周郎功高，天下早就无物可赠。大都督请起来吧。”孙权不动声色，大声呵斥。

周瑜不敢应，鲁肃也不敢出声，没有了青萍的二次救场，整个大堂再次陷入尴尬的沉默。

满面怒容的孙权站起身，将不知所措的众人丢在脑后，大步走出了大堂。

片刻之后，窘迫的周瑜抬起身来，和同样窘迫的鲁肃对望一眼，两人在对方的脸上辨认出了同样的东西——对主公的忧虑和敬畏。他们朝对方一点头，便同时抬脚，跟着孙权的步履朝大堂门口走去。

周瑜和鲁肃一路并肩，尾随孙权，走出大堂，绕过宗庙，顺着葳蕤的花草，一直走到了吴宫花园深处。只见一个匾题“涵元阁”的亭阁内，主公孙权正蹙眉凝思，不安地来回踱步。鲁肃不自然地咳嗽一声，故意大喊道：“公瑾啊，你不是说要给主公赔罪吗？还不快来！”周瑜忙不迭地应和：“是！”孙权一抬眼，看见是他们俩，虽没有开口招呼，脸上却也没再露出刚在大堂时的愠怒。

鲁肃便不由分说，拉了周瑜走进阁中。两人低眉顺眼，在孙权对面的木凳上坐了。孙权也不看他们，只和刚才一样，自顾自地踱步沉思。在亭阁的正前方，也就是他们三人的背面，正对着数不尽的青山隐隐和奔涌不息的滔滔长江。

孙权围着那亭子来来回回踱了好几十圈，将自己脑门上那圈暗黑色的愠怒彻底化为汗水之后，终于在周瑜跟前停下步子，语气沉痛地道：“周大都督，我并没有让你去给关羽拜寿，你却擅自前往荆州探关。你以为关羽看不出你暗藏杀机吗？”

周瑜忙站起身来，恭敬回道："禀主公，无须他看，我已经明言相告，宁肯天崩地裂血漫雄关，荆州必须归还东吴！"

孙权心中一震，想掩饰自己的失态，可他脸色还是出卖了他，由于惊慌，他的脸一下子由臊红变成了苍白。

"公瑾，你此话无异于宣战！"一旁的鲁肃连忙跳起来，拦在周瑜再次开口之前，用充满惊骇的语气质问道。

周瑜却淡然一笑，用成竹在胸的语气道："何必惊慌？我不过是说出了双方都明白的心思。"

"公瑾荒唐！刘备和孔明早与我签字画押了，待他们取下益州，必还荆州。现在他们已经和刘璋反目，发军入川了。最迟今冬明春，益州将落入刘备掌中，而荆州将归还给我们。"鲁肃大急，反驳道。

周瑜冷声回应："子敬天真！刘备弱小时候不还我荆州，强大之后就更不会归还了。相反，刘备还会图谋江东，进而一统天下。关羽有话，说大汉姓刘！"

听了周瑜这席话，孙权的心中再次一震，脸色又由苍白变成了血红。

鲁肃也再次动摇了，他又一次觉得，周瑜的道理还是比自己的更深一层。他回过头，看了主公一眼，显然，主公也被他的道理打动了。于是，他又当着孙权的面，将已经私下问过的问题再一次抛给了周瑜。

"请公瑾直言吧，以荆州之坚，你取得下否？"鲁肃问。

果然，此言一出，孙权的目光形同火炬，紧紧地炙烤着周瑜。

周瑜却好似没瞧见孙权的目光，他面庞沉静，眼神坚毅，整个人似乎陷入了深不可测的沉思。

“取不下。”良久，他终于低声道。

孙权眼中的火光熄灭了，为掩饰失望，孙权抬起脚，再一次围着亭阁绕起了圈。

“取不下你还放言攻取！如此狂言，岂非既得不到城池，又激怒了关羽，坏孙刘之盟吗？”鲁肃的脸上也变了色，厉声怒嗔。

周瑜的脸上露出惭愧与恼恨交加的神色，不过，他还是正色道：“不得荆州，东吴只有今日，永无明天。”

鲁肃沉默了，孙权眼中只余一片灰色的死寂。

孙权徘徊到亭阁与四周绿树的一处缝隙间时，突然停住了脚步，默默眺望起如练如银的长江。

时间像绕过了这座亭阁，顺着粼粼江水平静地远去了。

“大都督，你为何取不下荆州？”半晌，孙权终于沉声道。

周瑜神色一凛，立刻拱手禀报道：“禀主公，我亲眼看过，荆州之坚，堪称古今无双。城关上下、内外、水陆，俱设重重布防。各处守军不下于八万，依兵法，攻取这等坚城最少需要二十万大军，耗时一年，而东吴集全部精锐也不过十六万。更何况，坐镇荆州是关羽。我从其军中士气看出，将士们上下一心、无惧天下。其军心之坚，几甚于城关。”

周瑜的语调又低又密，然而，在孙权和鲁肃听来，却句句坚如铁硬如戟，每一个字词，对他们的耳朵和心脏，都是一次锤击。

鲁肃一言不发。而孙权则在频频点头之后，不无含蓄地道了一句：“不过公瑾啊，不知你有没有想过，荆州之坚，并不在荆州。”

“主公何意？”周瑜有些吃惊。

“荆州难取，不是因为城坚，不是因为关羽悍勇，而是因为许昌有曹操。”孙权说着，又转过身去，注目远去的滚滚长江。

鲁肃听到这里，忙大声赞道：“主公一语道破要害！孙刘一旦开战，必定两败，唯有曹操坐得天下。我们不能为一座城池坏了孙刘联盟，毕竟曹操才是我们双方的大敌，而此人正日夜盼望着主公与刘备反目！如此可说，荆州之坚不在荆州，而在于曹操，确实是曹操保得荆州无恙……”

不知不觉，鲁肃又回到了原先的思维轨道，当然，也是孙权的思维轨道。

“荒唐！”周瑜大叫一声，喝断鲁肃。

鲁肃失声惊叫：“公瑾！”

孙权隐忍着不悦，面向鲁肃嗔道：“人家不是说你，是说我荒唐。”又转向周瑜，冷语道，“大都督，‘荒唐’之后有何言？”

“主公顾全大局的心思，孔明肯定料到了。他不但料到，还利用主公这心思为刘备谋利！”周瑜大声道。

“这话如刀如刃嘛。”孙权笑道。

“昔日，孙刘结盟让刘备得以自保。如今，他们竟用此盟来要挟我们，逼我们永远放弃荆州！为何？就因为主公心里真正害怕的人是曹操。虽然主公曾经战胜过他但仍然怕他！主公心里明白，赤壁那样的大捷永远不会再有了！”

孙权脸色发青，眼中冒火。周瑜的话像一根钢针，准确地扎到了他心里的痛处。

“主公为制曹，被迫依刘，而这恰为孔明所用……”周瑜却不依不饶，接着往下说。

鲁肃赶紧哈哈一笑，望望孙权，又望望周瑜，调侃道："听听，公瑾对孔明的妒恨，仍然如火如荼哇。"

周瑜明知鲁肃此时的打岔是为了保护自己，却忍不住怒声道："子敬你这是在污辱我！"

孙权不理鲁肃，却对周瑜叹道："公瑾，我记得当初我把荆州借与刘备，你就极力反对。"

"如今看过荆州城防，更加悲愤。主公当年随手一借，如今十万头颅也取不回。"周瑜答道，脸上的痛苦深沉真切。

鲁肃再也听不下去，大喝一声："公瑾慎言！"

周瑜也沉默了，然而，激愤之中，他的目光却炯炯地注视着孙权，一刻也不肯离开。

孙权默默凝视周瑜，淡然道："公瑾，在你眼里，我恐怕是位庸主吧？"

周瑜与鲁肃的眼中同时掠过一阵惊骇。一个恐怖的阴影像一个传说中的幽灵，将他们的眼睛笼罩住了。沉默，空气只有死一般的沉默。

"公瑾听着，当今天下，联盟抗曹仍是大局。我宁肯永远不取荆州，也不坏孙刘之盟！"孙权终于再次开口，下了最后的断语。

他的声音不愠不火，什么听不出任何语气上的波澜，然而，在周瑜与鲁肃听来，却无异于江上的惊涛骇浪。

周瑜忙单膝跪倒，哑声道："请主公赐罪。"

孙权长叹一声道："你累了，累得厉害！回府歇息去吧。"他下了逐客令。

一旁的鲁肃只默默无言。

周瑜不敢再多说一句，只悄悄退后，起身，离去。

直到周瑜的背影被累累树影淹没，孙权才朝鲁肃转过身来，找了张长椅，颓然坐了下去。也只有在面对鲁肃一人，他面部的表情才得以缓缓放松。

“主公刚才的话，可当真？”似乎怕周瑜听见似的，鲁肃探过身，压低了声音，问孙权。

“什么话？”孙权挪了挪身子，似乎一下子回不过神。

“宁肯永远不取荆州，也不能坏了孙刘之盟。”

孙权将目光从树影间收回，凝视着鲁肃。鲁肃正低着头，凝神屏息。他明白了，鲁肃是想听到否定的答案。他的脸上荡过一丝勉强的微笑，良久，方疲惫地摇了摇头，用难以置信的语气问道：“子敬啊，你的心思是，我们既要取回荆州，又不坏了孙刘之盟，想图谋两全。对吧？”

“正是。”鲁肃连忙答应，语气很有点振奋。依他看来，这才是可行的万全之策。

“子敬真是厚道哇！”孙权先是瞪圆了两只眼睛，笑眯眯地望着鲁肃，然后，忽然像一只遭到戏弄的老虎，脸色微微一沉，不屑地呵斥道，“可惜呀，是痴人说梦！”

华灯初上的夜晚，金碧辉煌的大都督府处处欢声笑语、张灯结彩，连庭院的空气里都弥漫着清甜芳香的气息，更不要说人头攒动的大堂了。此刻，那间宽敞得可供百人舞蹈的厅堂上，那座孙权所赐的编钟已经被恭敬地一式儿摆开。众侍女正穿着如云的绸衣，踩着欢欣的步子，人手一块丝绸，在编钟上小心翼翼地揩抹着、擦拭着。对着这传说中的国乐之宝，她们面带欣喜柔和的微笑，嘴上不时地小声热烈地交谈着，纤足不停地舞动着、跳跃着，她们故意让玉腕、脚踝上的环佩不时地轻击钟身，发出不绝于缕的“丁零当啷”的脆音。众侍女之中，有个年纪最小、性格最活泼的，看见编钟末尾一只小乳钟上沾着一片薄薄的羽绒，便张口朝它轻轻吹拂着。不料，那羽绒如轻絮般飞升的当口，那乳钟竟也被袅袅地吹响。刹那间，空气中弥漫出一片惹人心醉的清音，一闻此音，众侍女们都被它的悦耳惊呆了，如同被施了入定的魔法……

然而，不等众侍女回过神，那清音消失了，那编钟的钟架突然发出一声轰鸣。

众侍女纷纷抬起头来，往钟架的方向望去，只见小乔一身胜雪白衣，正迤逦着脚步，手执双槌，走到那只最大的编钟面前，猛地一击！顿时，一声柔和又悠远的轰鸣声迸发开来。众侍女忙朝编钟匆匆折腰，次第退开。

小乔无视众侍女，而是沿着整座钟架飘然而过。只见她所到之处，手中音槌渐次落在由小及大的编钟上。编钟们应声发出越来越高的律音，直至到了最末端，伴着一个高亢的激音，她又舞蹈般地回转身，再次，由大及小将编钟们击打一遍。所有的编钟又发出渐次衰落的律声，只听得那大傅钟，发出大鼓般浑厚的声音……

小乔轻灵地击打，纵情地舞蹈，谁都能看出，她已将钟乐与自编的舞蹈美妙地融为一体。

而在大堂的一角，大都督周瑜正一边执盅，一边自饮，在他蒙胧的醉眼中动情地注视着眼前的一切。编钟——主公赐给他的国之乐宝，小乔——他颠倒众生、美丽绝伦的美人。上苍待他何其亲厚，让他拥有这世人绝无可能拥有的至宝，他还有什么理由不快乐？他伸出手指，不时轻击着面前的酒盅，发出声声高低不一的颤鸣，细细一听，那声音正与小乔击打出的钟乐悄然相应！

在妙不可言的雅奏与让人眼花缭乱的轻舞之间，小乔发出似吟似叹、如泣如诉的美妙吟唱：“宫中那一刻，主公心里充满了怒火，我害怕他脱口而出，砍掉我周郎的头颅。但主公一旦开口，却赠我一座编钟。这是为什么呀为什么？”

乐声传入大堂角落的周瑜耳中，他的眼神更迷离了，整个人陷入了深不可测的沉思。“为什么呀为什么？”他用修长漂亮的食指下意识地在眼前的酒壶上敲击着，那壶嘴、壶身、壶把连续发出“当、叮、笃”三个音节，其声韵正是小乔所唱的：为什么呀为什么？

“只为主公心中充满痛苦。于是他啊，像砍下自己臂膀那样，将这座编钟砍给了我——且又不是我，是砍给了我的周郎。”小乔像听到了周瑜的敲击声一样，在乐声中继续哀婉地唱。

周瑜听了，不由得轻轻颔首，端起一杯酒，朝小乔所在的编钟方位略送了送，而后，一饮而尽。

小乔从乐声里抬起头，用忧郁又不失风情的眼眸凝视着她的周郎。而她的周郎，则在自饮的间隙，用闪闪发亮的眼睛，还给她一个深情的温柔的凝视。

就在两人沉浸在此时无声胜有声的忘我之中，大堂入口处突然响起一个带着谑音的年轻女子的俏笑声——“大都督！”

周瑜连忙转过头，是孙权的女儿青萍。只见她捧着一柄长剑，正朝自己所在的角落姗姗而来。周瑜赶紧站起身，向她施礼道：“拜见郡主。”

青萍打量着堂上森然排列的编钟，又看一眼载歌载舞的小乔，又是一阵戏谑的娇笑，“哈哈哈，好一对互通款曲的神仙眷侣！”说着，又朝正在向她揖拜的小乔摆摆手，示意她继续。而后，方对着周瑜，嘻嘻道：“父亲说，大都督肯定在等他信儿呢！我不信，我说，大都督有了编钟，肯定和乔姐姐在家忘我欣赏国乐呢。看来，我猜的没错！”

周瑜仍旧保持施礼的姿势，惶恐道：“在下确实在待命。”

青萍一看他摆出这样的神态，也就收了玩笑的语气，正声道：“父亲口谕，叫我把这剑赠送给大都督。”

周瑜更加惶恐了，他飞速地瞥了一眼她手中的长剑，眼中再次露出了惊骇之色。

“主公的王剑？在下怎敢……”

他说了半句就说不下去，或者说，他担心再说下去，那可怕的瞬间会来得更快更直接。

青萍却微笑道：“放心吧，不是让你砍自个臂膀啊头颅啊什么的，我爹好着呢！他说，送了乔姐姐一座编钟，可不能薄了大都督！”

周瑜的心跳骤然缓了半拍，他一个箭步上前，接住那剑，又弯下腰去，揖道：“那就谢谢主公！谢谢青萍小妹！”

然而，那沉甸甸的王剑，到了他手中却骤然一空，他的心也随之蓦然一惊，脸上的笑容僵住了。

青萍锐利又清澈的眼睛深深地注视着他：“怎么了，大都督？”

周瑜连忙重新绽开笑容，低声道：“没有什么，只是没有想到会这么轻！都说王权大如天，没想到这王剑却这样轻！”

青萍也笑，似乎是一语双关地轻声道：“因为这剑从不杀人，父亲只用它舞着玩儿。”

周瑜收好宝剑，再一次深深地朝青萍弯下腰去，作揖道：“周瑜领恩，受教。”

不知在何时，大堂上的乐声和舞曲已经自行停止。小乔也停下了低吟与舞蹈，她一言不发，只静静站立一旁，望着大堂入口的周瑜和青萍，直到青萍发现了她，笑着朝她嚷嚷：“乔姐姐啊，编钟刚被抬走，我就向父亲抱怨。”

小乔忙将目光从周瑜身上移开，恭敬地弯下腰去，问道：“啊！萍妹抱怨什么？”

“抱怨父亲不该把编钟送给你。你看啊，编钟没了，乔姐姐也就不爱进宫了。乔姐姐不爱进宫了，往后我就见不着乔姐姐了。乔姐姐天天快活了，妹妹我就要天天孤单了……”

青萍嗔笑着，又亲热地挽住小乔的胳膊，举步往大堂深处走。小乔知道，她心里舍不得那座编钟，想再去看一眼。小乔无法，只得向周瑜投去匆匆一瞥，挽着她往编钟的方向走去。

周瑜的脸色瞬间冷峻下来，就好像有层面具，随着青萍的转身自行脱落了。

夜深了，华灯骤熄，整个大都督府都沉浸在静谧的黑暗之中。而在离后花园不足百米的后山竹林，月光却如水银般倾泻闪耀，碧如新玉的春竹拔得高高的，似乎在竭尽全力，靠近那青紫色的布满虹彩的天空。在那里，一群色彩黯淡、神情疲惫的群星的中间，有一轮银盘似的圆月，正散发出珍珠似的光辉。

竹林深处一湾奔腾不息的流水旁，正站着举头望月的周瑜。在银白色的月光下，他的脸苍白得出奇，然而更奇怪的，是他那惯有的镇定的笑容。是的，即便不说话，他看上去也是在微笑着，不过，不知是牵强还是内心落寞，那笑容里有股说不出的寂寥。

他不是一个人，在他身后，伫立着他的水师大将军吕蒙。

“依例，君王把王剑交付于谁，等于把国之命脉托付于他。”半晌，周瑜终于低声道。他的语调如此低沉，以至于不像在对吕蒙说话，而像在对自己低语。

吕蒙正手执那柄王剑仔细端详，好一会，才诧异道：“可你已经是大都督了，早就三军在握，主公为何还授你王剑哪？”

周瑜沉默了，寂寥的神情里又多了一份悲怆。

吕蒙缓缓拔出王剑，在剑锋出鞘的一瞬间，忍不住失声惊叫起来：“断剑！……大都督……主公这是何意？”

周瑜低下头去，似乎在凝望地上的月光，又似乎在观察竹叶上来回滚动的露珠。“这不是很明白吗？主公要夺我兵权。而且，为了无损王威，让我主动负罪请辞。”

吕蒙一怔，好不容易才勉强消化了周瑜所表达的意思。对他来说，理解主公的举动与猜谜没什么两样。

“主公好狠心哪！”吕蒙感叹道，脸上有股薄薄的愤恨。

“当然了，第二个用意，是主公自断剑锋，决意不取荆州了。”

“主公好糊涂！”吕蒙大叫起来，声音里饱含了焦虑和痛苦，和他的大都督一样，不知从何时起，夺回荆州的信念已经深入他的骨髓。

周瑜一声长叹，继而又摆摆手：“我被罢撤之后，也许你会被我所累，主公可能会贬你为一个步卒、一个水手，甚至有斧钺之灾。”

吕蒙先是一怔，然后嗓音一沉，低声道：“不怕。不管把我劈成几瓣，吕蒙仍然是吕蒙。”

“不过也不一定，主公也许会突然升你做大都督，让你一步登天。”周瑜看了看吕蒙，又微笑了起来，眼睛里闪过一抹奇异的光亮。

“什么？”吕蒙再次惊叫起来。显然，这样冰火两重天的推测，超出了他的理解能力，除了惊诧，他不可能有别的反应。

周瑜抬起头来，仰望着空蒙绮丽的夜空。那圆月还挂在那里，不过一大片乌云正从远处飘移而来，莹润的月色正逐渐被遮挡、被掩盖。

“天威莫测，祸福难料啊！越神秘者，越崇高。”周瑜对着天上半遮半掩的月亮，嘴角轻轻上扬，语调里含着一丝讥讽。

吕蒙思索着，片刻之后，又将目光掉回到周瑜身上，再斩钉截铁地重申：“不管祸福，吕蒙都是吕蒙！”

周瑜脸上露出由衷的欣慰，过了一会儿，却又语气沉痛地叮嘱：“吕蒙啊，如果你说过什么对不住主公的话，主公问你时，你务必一字不落地禀报主公。生死祸福，由主公定断。”

“当然！”吕蒙回答。

“如果你的部下说过什么对不住主公的话，主公问你时，你不准为部下担当。他们的生死祸福，亦由主公定断。”

“大都督……”吕蒙惊叫起来。

周瑜突然朝他深深弯下要去，作揖道：“拜托了。”

吕蒙伸出手来想将他拦住，可那手到底停在了半空，他只痛苦地应声道：“末将领命。”

周瑜站起身，凝视着灰暗混沌的夜空，思索再三，又接着叮嘱：“如果主公什么都不问，你哪怕有千言万语，也要一声不出。”

“这又是为何？”吕蒙惊诧极了，浓眉几乎拧成一摊黑墨。

“主公不问，是因为什么都明白。你不说，是因为怎么说都是多余的。”周瑜道。

吕蒙又听不明白了，对这样玄机似的话语，他向来缺少悟性，也没有探究的兴趣。不过，今晚让他惊讶的事情太多了。出于习惯，或者说，是出于对大都督的忠诚，他没有再问下去，而是沉声答道：“末将领命。”

周瑜回到府中自己的卧室时，惊讶地发现，那张雕花玉床上一片寂寥空荡！他在黑暗中举目四望，寻了半天，才在窗外的玉台上发现一个淡白色的身影。小乔并没有睡，而是半靠在玉台的吊椅上，用那双黑宝石似的眼睛，紧紧地盯着自己。

于是周瑜明白了，自己刚刚偷偷出去的事已经被她知晓，而且因为对自己的担心，她那无法治愈的失眠症又犯了。

至于自己刚刚去了哪里，和往常一样，她什么也没问，或者说她什么也不用问。她只是用那双会说话的眼睛，默默地凝视着他。

他也和往常一样，什么都没有解释。只是走过去，在那吊椅上坐了，将她整个人拉进自己的怀里，然后，再抬起自己的下巴，轻轻地、不经意地摩挲着她头顶的丝丝秀发，一下又一下。而她则微微一笑，轻轻嘘出一口气，眼中露出倦怠的满足。

这是他们成亲近十年来，每个他外出归来之后的夜晚，经常重复的情景。

然而，这个夜晚却和以往的不太一样。小乔似乎不太满足于这种寻常的满足，她在周瑜的怀中不断地忸怩，似乎想找到一个更加满意的坐姿。终于，在周瑜的帮助下，她找到了。她将自己的头搁在周瑜的小腹上，重新横躺了下去。这不是一个舒服的姿势，然而，却可以让她的手臂抓住他的手臂，眼睛注视着他的眼睛。

周瑜明白这是要长谈的架势，便伸出手指，先是抚了抚她的脸颊，然而，便又顺着她长长的秀发，一下又一下地摩挲着。他眼睛并不看她，也不看那秀发，他似乎在凝神看着虚空，又似乎什么也没有看。可是那秀发，在他的手中却似乎渐渐有了生命，它们如一湾充满生机的黑色瀑布，从吊椅的边缘，一路倾泻到光滑的地面上。

小乔闭上眼睛，用钟乐似的声音呢喃："所有人都说主公敬周郎，可我总觉得主公有点恨你。"

那摩挲秀发的手指突然停住了，不过很快，它们又恢复了自信的移动。"他们看错了，你也看错了。"周瑜微笑着说，声音和往常一样悦耳柔和。

小乔扇子般的睫毛颤动了两下，眼睛却仍旧没有睁开，可她继续道："女人不用看。心里一痛，什么都知道。"

周瑜的心陡然一酸，不自觉地将小乔的肩膀搂紧了一些。"往后还要常进宫啊，青萍小妹好喜欢你。你可别有了编钟就不进宫了。"他故意谈起了编钟，好让她高兴起来，他知道她喜欢那编钟。

果然，听到周瑜提那编钟，小乔忽然睁开眼睛，莞尔一笑："你知道青萍干吗那么喜欢我？"

周瑜没说话，只用目光表达出自己的好奇，似乎在问“干吗喜欢你？”

“我就是她的编钟呗！敲我几下，她心里欢喜。”小乔悄声笑着，脸扑到他的胸前，手臂环住他的腰。

周瑜默然，继而哑然一笑。他将自己的一只手从她的发丝间腾挪出来，轻轻地抚慰着她的肩膀。片刻之后，又用怜惜的语气道：“小乔，我们生个孩子吧！”

小乔吃了一惊，忙从周瑜的小腹上抬起头，紧紧地盯住周瑜的眼睛：“周郎，告诉我，出什么事了？”

“没事。”周瑜却将她搂紧了些，淡淡笑道，“你不是一直想要孩子吗？”

小乔的目光却不肯放过他，她瞪大了眼睛，灼亮的瞳孔几乎要贴到他的脸上。

“肯定出事了！告诉我出什么事了。你不用出征了？你不再掌军了？你被主公夺职了？……”

她的问话一句紧过一句，声音也越来越大。他几乎来不及回答，更不用说解释了。

他只得微笑着，朝她微微颔首。

小乔却猛地将他一把搂入怀中，他感到胸口一阵濡湿。一行激动的泪水正沿着他的脸颊、脖颈涔涔而下，他听到她的嗓音在呜咽着发战。

“别伤心。主公不会降罪，相反，仍能厚待于我。”周瑜摸着她的头顶，像安慰一个小女孩一样细心、温情。

“傻瓜！我不是为这个！”

周瑜一怔：“那怎么？”

“我不伤心，我高兴！往后你得老待在家里了，我太快活了！”小乔抬起头来，破涕为笑地望着他，从她充满喜悦的眼睛可以看出，她说的是真话。

周瑜的心却再次没来由地一酸。

“周郎，你看那编钟像什么？”小乔偎依着他，却又活泼起来，指着卧室门口那隐约浮动的编钟暗影，问道。

“像一方战阵，将士们正严阵以待，准备出征。”周瑜脱口而出。

小乔闪亮的眼神黯淡下来，她失望地看了一眼周瑜，叹息道：“唉，它们像一家子啊！爷爷奶奶，兄弟姐妹，全都待在一块儿。”

周瑜一愣，随即会过意来，张开双臂将小乔紧紧搂进怀中。他搂得那样紧，以至于小乔快喘不过气，她本来还想说什么，这下却什么也说不上来了。

第三章

骄兵之计

春夏之交的江南，弥漫着一股与季节不相称的寒意。一夜春雨过后，花园里的梨花、桃花和不知名的种种鲜花骤然间凋谢了，露出一株株光秃秃的让人心疼的嫩枝。而刚刚绽出新绿的树叶，却冻得打起了微卷儿。最反常的是天边的朝霞，那霞光掩映在淡漠的白光之下，呈现出压抑的青紫色。没有太阳，没有和风，这是一个不常见的阴冷的清晨。

布满持枪甲士的吴宫玉阶上，以鲁肃、周瑜为首的江东文武，正排成整齐的两列，面对朱红的油漆宫门，露出忧心忡忡的神色。不一会儿，正像他们期待的那样，一声清越的古号从宫门内悠悠传出，一个手执拂尘的老黄门发出一个“上朝”的宣告之后，大家有条不紊地往正殿鱼贯而入。

和往常任何一次早朝一样，长号声止的那一瞬间，身着王服的孙权从后殿走出，步向他的王案，落座。

此刻，文官武将们也早已依照排定的秩序立定，他们脸上露出的是和往常一样庄严又不失平和的表情。这是他们一天之中最为重要的时刻，而且他们也知道，对于他们的主公孙权来说，也是一样。

然而，即便如此，稍稍敏感一点的还是明显感觉到，今天的大殿过于寂静，气氛也过于凝重。可具体是什么导致了这一点，他们一时半刻却没法弄清楚。

在处理了几起例行奏折之后，孙权掩不住困倦，睁大了熬成暗黑的眼圈，捂住嘴打了半个哈欠。说是半个，是因为那哈欠打到半途，被他硬生生逼了回去。他是个勤勉的主公，更是一个严于律己的江东首领。多年来，他从不允许自己在众人面前露出疲惫之态。

谁也没有想到，大都督周瑜这时突然走出队列，走到大殿中央，对着王座上的孙权屈膝一跪，叩首道："钦命骁骑将军领江东大都督周瑜叩禀主公。"

孙权稍稍一愣，随即平静下来，用十分尊敬的语气道："公瑾平身，有话请讲。"

周瑜却没有站起身来，而是匍匐在地，大声道："周瑜多次拒遵主公号令，随心所欲，致使文武失和，将士离心，此罪一。三日前周瑜擅自前为荆州探关，坏主公联盟抗曹之大局，此罪二。周瑜领大都督以来，恃权自傲，上藐主公，下结党羽，此罪三。请主公严办！"

周瑜语毕，众臣吃了一惊。但是很快又暗中舒了一口气，原来这就是今早气氛凝重之所在。谁不知道大都督功高盖世？主公又怎会真正处罚他？无非是和以前发生过的多次一样，不过是象征性地怪罪两句罢了。

可今天孙权的反应却有点奇怪。他的脸上非但没有笑容，反而在威严之中另有几分阴沉，他没有辩驳周瑜，而是平静地反问道：“依你，如何办？”

“斩！”周瑜还是没有抬头，他响亮的回答像是地面砖石的回音。

满朝文武发出一片惊叹之声。大都督周瑜如此提议，倒是从未有过的。

孙权的脸上更阴沉了，除此之外，还另添了一层坚硬。“公瑾啊，你功太高，头太硬，我斩不动。你名重天下，江东将士多为你旧部，我也不敢斩你！更重要的是，斩你，不公。”孙权的语气和往常一样平静，然而，细心的人还是听了出来，那平静之中却有股残酷的狠劲。

“那就罢撤周瑜所有职权，剥夺爵位俸禄，永不再用。”周瑜的身子伏得更低了，远远看去，几乎贴着地面砖石的石缝。

文武大臣们再次发出惊叹之声。有的转过头想和后边的同僚交流两句，有的已经控制不住，拱起袖子准备向主公谏言。唯有鲁肃，还保持着脸色的祥和，还有吕蒙，将一张铁青的脸绷得皮鼓一般。

孙权不动声色地挥了挥宽大的衣袖，沉吟道：“如果我是个仁者圣君，则应该宽容为怀，施恩挽留你三次。你哪，四次负罪请辞，如此方合春秋大义。可惜我不是仁者圣君，我只是区区江东之主。所以，准！听令，罢夺周瑜所有职位爵俸，收缴剑印，降为白身，逐出宫廷！”

此言一出，满朝文武无不惊悚。整座大殿，静得能听得见门外落叶的声音。

不等大家回过神，已有两个侍卫走上前来。他们摘下周瑜身上所带佩剑，收走了周瑜手中的虎符，通通交至孙权王案旁的一个武官，而后，又在众大臣惊疑的目光中，将周瑜推出了大殿。

众大臣们不敢看周瑜，更不敢看孙权，他们全都凝神看着自己鼻子前方的虚空，似乎这是他们唯一能看的地方。

孙权却又从案边站起身，目光咄咄，逼视着满朝文武。

“诸位都给我听好了！你们不是周公瑾，我个个斩得动！你们听着，今日起，江东永不设大都督之位。任何人胆敢擅言攻取荆州，斩无赦！”

“遵命。”众臣齐声应道。

“诸位都请退下吧！子敬留下。”孙权又道。

没人提出异议，众文武们纷纷鱼贯而出。只有鲁肃，一脸肃穆地近前，朝孙权作揖道：“主公有何吩咐？”

孙权对着文案沉思着，那上面堆着周瑜留下的佩剑和虎符，良久，方转向鲁肃，用和缓沉抑的语调，艰难道：“子敬，劳你去一趟荆州，面见关羽……”

“此去何为？”鲁肃吃惊地瞪大了眼睛。

孙权的脸悲伤地耷拉了下来：“说媒。”

鲁肃的脸也耷拉了下来，他从喉咙里发出一声无奈的叹息：“明白了。”

“速去速回，我等你消息。”好像为了鼓励他振作似的，孙权特意抬起头，对他笑了笑，又交代了一句。

吕蒙下朝之后，没有直接回家，而是绕道去了一趟吴山的大校场。他不知道主公会如何处置自己，他知道大都督料事如神，关于他和自己下属的未来预测八九不离十，可在自己的命运发生急剧转折的当口，他还是想重温一遍那火热的战事操练。

因为没有迫在眉睫的大战，今日的大校场上操练的多是寻常科目。吕蒙信步走去，只见多数都在自由操练，唯一稍稍触目一点的，是一方从山脚移来的盾牌方阵，那是由一支上百名步卒组成的持刀战阵。在离他们不足百米的城墙下，站着一队排成一字形的弓弩手，他们正聚精会神弯弓搭箭，面对着那方阵。一瞧见双方那剑拔弩张、激烈相对的敌我态势，吕蒙不由得停住了脚步。他的随从副官立刻明白了他的意思，和那负责演练的校尉低声交代了几句，那校尉便奉命走开了。

在盾阵进入弓弩手的射程之前，双方一直保持克制。盾阵里的步卒们始终面无表情，冒死行进，而弓弩手们则小心翼翼、蓄势待发。终于，渐渐地，盾阵发出的怒吼离天上的云霄越来越近，领头弓弩手脸上的痦子，开始进入了盾阵步卒们的视野。突然，无数只银白的箭矢好像一群放飞的白鸽，嗖嗖地朝盾阵飞去。那白鸽嘴角之锐利、啄力之精准，使得方阵中不小心暴露在盾牌之外的肢体，顿时血流如注，像软绵的布偶垂塌下去。看着自己的赫赫战果，弓弩手们抑制不住自己的快意，得意地哈哈大笑，而中箭的步卒则一边惨叫，一边竭力将身体往后蜷缩，发出不绝于耳的粗野叫骂。

吕蒙看罢，忍不住按住手中的长刀往盾阵走了几步，连连夸赞："好！好！射得好！"

盾牌战阵里的步卒们听见了他的击赏，前进的步伐更快了，全然不顾前方等待他们的箭雨越下越大、越下越密。

眼见他们离自己越来越近，弓弩手们张弓搭箭的动作也越来越快。菊花似的箭镞落在活动的盾牌上，激起一朵朵前后摇晃的人形浪花。气力弱的、精神不够集中的、活动不够敏捷的，再次来不及将手臂、腿脚隐藏，一声接一声的惨叫从盾牌后方传来。几个心软的新弓弩手，露出不忍的神色，拉弓的手臂瑟瑟发抖。

吕蒙立即瞋视那几个弓弩手，怒喝道：“昏了头了！还不赶快射箭！你们还有两支箭的生机！容敌近身，自己必死！”

新弓弩手们醒悟过来，赶紧对准缝隙引弓狂射！

吕蒙交代完弓弩手，偏还不满足，又按住长刀对着盾阵一阵怒喝：“快冲，冲上去！距离越近敌人箭法越乱，你们只剩二十步了，生死决于此刻，冲上去砍了敌人的头！”

那盾牌战阵往前推进得更迅速了，眼看就要冲到弓弩手的面前。眼见让自己肢体受苦的仇敌们近在眼前，步卒们纷纷从盾牌后探身，高举起一柄柄大刀。就在劈斩即将发生的一瞬间，响起吕蒙的一声大喝：“停！”

所有的战刀在空中停住了，有的停住在离抡刀者手臂的上方，有的停住在砍下去的动作顶点，有的已经碰触到了弓弩手的头颅。有一把战刀，已经失控砍在了一个弓弩手的肩头，中刀者不禁失声惨叫，跌倒在地。

吕蒙的目光掠过中刀的弓弩手，借助手里的望远镜，他扫视着刚刚战阵进攻的路线，那里有一连串殷红的血迹，连珠般的血滴之中，躺着几个受伤的步卒，其中一个似乎受了重伤，两眼绝望地上翻着，显然正走向死亡的途中。

“你们他妈的命大，要搁战场上，早被人戳一万个窟窿了。”吕蒙放下望远镜，大声说。

一直等到夕阳西下，天色擦黑，吕蒙也没等来孙权的命令，他只得快快地从训练场回家。在家里闷坐了一会儿之后，更觉烦躁难安，便来不及和家人打个招呼，就又大踏步出门，往水师囚室的方向来。

早上退朝后，吕蒙下令将几个有过“逆反”言论的下属囚禁起来了。不是吕蒙鲁莽，而是不得不这样做。这几人背后妄议主公，唯大都督马首是瞻，早已在水师中尽人皆知。

在吕蒙看来，不管主公如何处置自己，从大都督被罢撤这一刻开始，这几名下属的命运都已经被注定。他之所以自己下令囚禁他们，不过是不想让他们死得更惨烈、更屈辱而已。

他命令看守将这五人提出囚室，并将他们各自的武器交还，再每人备上一份好酒。他们是他的下属，也是他的兄弟，多年的出生入死，他早已将他们看得比自己的家人还重。在他自己前途未卜、生死难料之际，他想和他们最后再畅饮一次，亲自送他们上路，这样，他才安心。

他支走了看守，独自在靠窗的地上屈膝而坐。他们挨个儿踉跄着进来了，低着头，一声不吭地在他对面的位置上按军衔挨次坐下。他沉默着，在他们每人面前放了一海碗酒和一把他们自己的战刀。在安置好这一切之后，他又重新跪坐于地，在面前横放自己的长剑。

这一切都不是什么新玩意儿，他大概要说什么、做什么，这五人心里都有数。他们的头相继抬起来了，目光不约而同地越过吕蒙，往狭小的窗棂之外望去。那里有一枝红艳艳的桃花，因为近日滂沱的雨水，它们现出了过分饱和的色泽，眼看就要凋谢了。

吕蒙看一眼窗户，低声道：“老四，你起过异心，想拥大都督主大位。老二，你胡乱放言，说江东三军都是大都督的！老五老六，你们也有过类似言语。这些事主公早知道，不忍追究。现在大都督去职了，主公令你们自刎，以免蛊惑军心。”

五个校尉相继垂下了头，预感证实了，真正的春天还没有到，窗外的桃花却要谢了，他们也快要死了。

吕蒙沉声道：“上路吧！早晚有一天，我们兄弟黄泉路上见。”说毕，一饮而尽。

五个校尉抬起头来，相互对视了一眼，就相继伸手，去拿放在自己眼前的大刀。

他们横刀向颈，正要挥割下去，忽然听见门口响起了“咚咚咚”的急促击门声，不等有人去开门，那房门已经被一脚踹开。一个身着铠甲的军士匆匆闯入，对吕蒙急道：“将军，将军且慢……”

吕蒙凝视来人，沉着道：“怎么？”

“主公口谕，犯事各位，全部免死！”那军士急急禀道。

五个校尉的脸色立刻活泛起来，他们纷纷取下颈上的刀刃，目光再次下意识地越过吕蒙，看向窗外的那株桃花。那桃花娇艳欲滴，似乎不但没有凋谢，反倒比原先还要红艳些。

“当真？”吕蒙也雀跃起来，面露喜悦。

“当真！”那军士重复。

吕蒙笑了，又道：“主公说了为何吗？”

军士也笑了，道：“说了。主公说，他看了你吕将军上的条陈，被你对部将的情义打动了！嘿嘿嘿，你们几个还不谢将军救命之恩？”

那几个校尉“啪”地扑倒在吕蒙的跟前，朝他不住地叩头，嘴里乱纷纷叫道：“大哥！……大哥活命之恩，小弟至死不忘！”

然而，等他们抬起头时，却发现吕蒙呆住了，整个人如老僧入定般一动不动。

校尉们也惊疑起来，惶惶然望着吕蒙，不知他又发生了什么事。

吕蒙口内讷讷道：“可是我并没有给主公上过什么条陈……”

为首的年纪最大的那个校尉，颤抖着声音问：“没有？你再仔细想想！”

吕蒙又想了想，还是沉声道：“没有。”

那校尉急了，又问：“那主公为何那么说？”

吕蒙绝望地喃喃道：“不知道。”

校尉们再次互相凝视，渐渐地，他们脸上的不安之色越来越浓，眼睛里笼上一层死亡的阴影，就连他们头上随便一根毛发，也开始惊悚地竖起。良久，为首的那位最为年长的校尉终于愤然道：“想那么多干吗？既然将军没上过条陈，那主公恩典就是假的。与其提心吊胆，不如取个痛快……上路吧！”

说毕，他挥刀向颈，一个发力，一洼颈血如同窗外的桃花灿烂四溢。他应声倒地，死去了。

另外几个校尉见状，也陆续挥刀朝自己的颈项，一颗颗脑袋无力地歪倒下来，倭瓜似的落在他们的肩头，他们都相继死去了。眼看只剩下一个最年轻的校尉，他眼中的闪亮灼如火把，熊熊地在眼眶里燃烧着，就在他横刀向颈的最后关头，吕蒙再也忍耐不住，喝道：“慢着！你……今年多大年纪？”

那少年校尉犹豫着，眼睛里的火把燃烧得更旺了，他用被烫着了似的表情看了一眼死去的校尉们，颤声道：“大哥，我……我也不想死。可是，他们都死了，我还有脸活吗？”

吕蒙闻声，如遭电击，他铜铃般的大眼几乎夺眶而出，随即，眼泪瞬间模糊了他的瞳孔。

那少年校尉不等他回应，猛一发力，将自己的头颈在战刀上狠命一蹭，颈血瞬间如泉水般涌了出来。他头一歪，倒在了吕蒙的面前。

那死去的五人的血渐渐流了出来，慢慢地，在地上形成一汪又一汪的血泊。吕蒙闭上眼睛，感觉它们正汇成一条越来越宽阔的小河，朝自己流淌而来。他发出一声轻若无声的叹息，放开一直盘着的膝盖，站起身，一脚跨到那血色的河流里。

不知过了多久，吕蒙踉跄着走出囚室，准备回家去。出门之后，他模糊地感觉到室外正刮着刺骨的寒风，一片片银白的雪花像数不清的棉絮，在眼前胡乱地飞舞。他一边昏沉沉地走着，一边暗自纳闷，不已经是仲春了吗？怎么又下起雪来了？因为没有抬头看路，他竟在恍惚中撞上了迎面而来的一个贴身侍卫。

那侍卫忙惶恐肃立，又解释并禀报了些什么。因为心神恍惚，他竟完全没有听清。他抬腿继续往前走，然而，他忽然又见眼前站着一排面目陌生的侍卫。这些侍卫见了他，非但没有招呼，反而对他冷眼而视。吕蒙的心没来由地“突”地一跳，他疑惑地四处看了看，果然，他看见主公孙权就站在那一排侍卫的末尾，正冷冷地望着自己。

“主公！”吕蒙弯下腰去，口内讷讷道。

“谁让你说的？”孙权厉声问。

吕蒙愣住了，一时回不过意。

“谁让你假传我的口谕？”孙权又接着问。

吕蒙忽然醒悟过来，脸上露出幡然悔悟的神情，喃喃道：“哦……哪怕有千言万语，也要一声不出啊！”这是大都督主动罢职前的叮嘱，可是他却完全忘在了脑后。

孙权似乎完全知道他在说什么，他沉声道：“晚了。吕蒙听令，现罢夺你将军职，拘营待罪。”

吕蒙略怔片刻，立即应道：“吕蒙领命！”

吕蒙被侍卫们押下时，脸色平静，眼神坚毅。孙权在一旁看了暗暗纳罕，此人宠辱不惊，不卑不亢，如运用得当，倒是难得的大将之才！

周瑜被罢免三天后，鲁肃奉孙权之命驾着水师部一只小船沿水路来到荆州。和数日前周瑜见到的一样，荆州城风平浪静、固若金汤。也正像周瑜向鲁肃所描述的那样，城关各处刀枪耀目、军威凛然。

不用说，短时间内要攻破这样的城关，在鲁肃看来，不说是绝无可能，也是难于上青天。

因此，当鲁肃在将军阁面见关羽，将一帧精美的帛书放在朱案当中时，他脸上的神情是慎重、平和的，甚至带着某种神圣的意味。在他心中，此举成败与否，不仅关乎主公的颜面，更关系着东吴五十年的安危。

关羽却眯起眼睛，用略带藐视的目光注视着那帛书。“那是何物？”他捻须问道，心里怀疑是张什么请帖、邀约之类。在他看来，东吴地处江南，礼节繁盛，常常用一些徒有其表的什物儿来诱人耳目，实在是累人得很。

“礼单。”鲁肃简短地答道，“闻上将军有一女，年方二八。我主三公子恰好与其同年，真乃天作之合！我主愿与上将军结秦晋之好，成百年和睦。这便是我主求聘将军女的礼单。”鲁肃说着，将那帛书向关羽更拉近了些，好让他看清那上面俊逸的行楷。他准备告诉关羽，为表示诚意，这正是潇洒多才的三公子亲自手书。

然而关羽却没有给他说这句话的机会，他甚至没有睁大眯缝着的眼睛，就微笑着调侃道：“子敬呵，你放礼单的地方，数日前，周瑜想把我的头颅放那儿。”

鲁肃忙赔笑道：“云长兄，周瑜不再是大都督了，他已经被我主罢夺全部职权。东吴也将永远不设大都督。”

关羽面露诧异，接着又微微一笑：“哦！这是为何？”

鲁肃正色道：“位高权重，尾大不掉。”

关羽却摇摇头：“我是问为何罢免周瑜？”

“因为他不遵我主联手抗曹大计，为了取回荆州而不惜与将军开战。”鲁肃道。

“孙权真乃明主啊，在下好生敬佩！如此说来，你们不想取回荆州了？”关羽赞叹道，一边摇头，一边面露几缕讥讽。

鲁肃摇了摇头，道：“想，做梦都想！可醒来后便心明如镜，孙刘联盟，大于一座荆州城。取一城而至孙刘反目，是因小失大。孙刘两败。”

关羽闻言，忙站起身，朝鲁肃作揖道：“孙权明智，子敬高义。有你二人做主，荆州无东顾之忧了。”

鲁肃也忙起身，笑道：“就是嘛！如此简单的道理，公瑾却要说得杀气腾腾，闹得大伙眼里只见杀机，不见道理……”

然而，不等鲁肃说完，关羽却突然沉下脸来，转过身去，沉声道：“可我宁愿相信周公瑾的杀机，也不相信鲁子敬的道理！”

“云长这是什么话？”鲁肃面露讶异，胸腔里却突突地直跳起来。

“江东周瑜，只要活着就必取荆州。就算他死了，阴魂也会犯荆州，你们根本拦不住他。”关羽缓了缓语气，沉声道。

“云长为何如此偏执？！”鲁肃怒声道。

关羽默然了一会儿，然后感叹道：“子敬啊，我如果是你江东将士，也会立誓夺取荆州的。我和周瑜人同此心，心同此志。而你主所谓的联姻哪、和睦哪，不过皆属缓兵之计罢了。”

鲁肃气得涨红了脸，失态地大叫：“云长一叶障目，满口胡言！”

关羽却微微笑着，一副稳如泰山的模样，他甚至改用了一副拉家常的语调，用劝慰的语气对鲁肃道：“对了子敬，还记我大哥娶孙小妹的事吗？我大哥差点把命送在东吴！我想问你们主公一句，你们江东，除了嫁娶之外，别无安天下的良策了吗？”

鲁肃听到这里，已经掩饰不住内心的悲愤，他满眼含泪，两手颤抖地将案上的帛书慢慢卷起，颤声道：“看来，上将军是要和我江东拒亲了。”

关羽却毫无心肝地哈哈一笑：“我虎女焉能嫁犬子……”

这时，就连伫立在关羽身后的关平，也忍不住失声拦阻道：“父亲……”

关羽止住笑容，冷冷地望着鲁肃。

此时的鲁肃已经不能用挨了当头一棒来形容，他的心肺、大脑，全部被烈火炙烤着！他愤怒地盯了得意扬扬的关羽一眼，四肢如被电击般剧烈颤抖。接着，他像一个手脚不灵便之人似的，勉强卷好帛书，趔趄着朝关羽匆匆一折腰，做了一个深深长揖，痛声道："云长呵，你如此污辱我主，你知道我主会如何作答？"

"发兵攻打荆州！"关羽冷冰冰地回答。

"不！我主会说，无论云长如何辱我，我绝不坏孙刘联盟，绝不攻取荆州！云长呵，国之安危，大于主之荣辱！告辞！"

鲁肃言罢，也不看关羽，便强忍着内心痛苦，昂首步出将军阁，只留下关羽父子在他背后发怔……

半个时辰之后，鲁肃在关平的陪送下，昂首步下荆州城道。城关上，关羽遥遥长揖，他也装作没看见。

直至他回到江面，跨上来时的小船。江风吹起他薄薄的长衫，他将整个人转向荆州城关的背面，泪水才在他浑浊的老眼中溢出，顺着他沟壑丛生的黄胖脸，流到了已经麻木得失去了知觉的唇边。不过是短短半日，他的鬓角已经多出了两丛银白的色块，他仿佛一下子老去了许多。

小船开动了，很快，他和他在荆州收到的屈辱，将伴着一曲江水流回江东。他不知道，主公孙权得到回音之后，会作何反应，更不知道，接下来的荆州，会有如何曲折多舛的命运。

荆州啊，你这让人魂系的雄关！你让多少人为你折腰，又让多少人为你蒙羞！

鲁肃不知道，在他头顶的城关之上，关羽正动情地目送着他，而且在关羽心里，也是同样的默念与感叹。荆州啊，荆州，你何时才能有安宁之日？

“父亲，孙权是在施缓兵之计吗？他们会暗中攻取荆州吗？”在关羽身后，关平语气热切地追问。

“宁可信其有，不可信其无。”稍一犹豫之后，关羽这样回答。

关平竭力睁大了眼睛，眼睁睁看着鲁肃的小船如一枚弯弯的落叶，渐渐卷入浩浩汤汤的江水之中。和东吴大都督周瑜离去时的阴风恻恻不同，今日挂着斜阳的天际霞光掩映、辉煌灿烂，同任何风波欲来的短暂平静一样，江上如诗如画的美景，宛如一道强烈的闪电，深深地烙在了关平的心里。

鲁肃回到江东时，已是幽暗的黄昏晚景，他从主公的一个侍卫那儿得知，主公正在吴山狩猎。考虑到军机不可延误，他直接去了狩猎的山涧。和他料想的一样，那是一个依山傍水的空旷之地，有飞禽，有走兽，有连绵的草地和数不清的杂树繁花，然而，让他没想到的是，这不是一场严格意义上的狩猎，而是有近百名将士争先恐后参与围观的赌射。那插满花花绿绿大纛的山脚下，将士们身着铠甲，手持刀剑，围着酒案、箭台、活靶，胡服骑射，壮言豪饮，怎一个热闹了得！

鲁肃走近的时候，众将士正在赌鸟，好几位将军在百米处各执一弓，挽弓待发。不远处的山旯旮里，一个士卒正在执掌一张巨大的丝网，那网中捂着无数只刚被捕获的活鸟。那士卒不是别人，正是刚刚被贬的水师将军吕蒙。

一位将满弓几乎拉断的独眼将军，朝吕蒙大喝一声：“纳命来！”

吕蒙不应，只迅速从网中捉出一只鸟儿向高空一掷。那久被束缚的鸟儿乍获自由，兴奋地吱吱直叫，振翅飞向云天。

那可怜的生灵不知道，在它逃离的那一刻，瞄准它的不光有那只丑陋的独眼，还有一双不动声色的老眼，一位老将正在离独眼将军不远的地方弯弓射击。

结果，它的翅膀刚刚触及第一缕云朵，两只利箭同时“嗖”地往它飞来。它抖了抖翅膀，躲开了独眼将军从左后侧射来的那支，可不幸的是，与此同时，另一支从右侧翼飞来的箭矢却残忍又精准地击中了它的尾腹，并从它小小的身体里穿膛而过。它扇动着小小的翅膀，在空中艰难地飘摇了一会儿之后，“噗”的一声掉在地上。

一阵震天的喝彩声中，那射中鸟儿的老将得意地嘲弄独眼将军，说他左眼还在的时候，就不是自己的对手。那独眼将军则骂骂咧咧说他是“老不死的”，然后又不得不从自己的口袋里掏出一枚金质吴钱，掷到他面前。

众人的喝彩声刚落，不想孙权执弓一个箭步上了箭台。他对刚刚射中的老将做了一个“请”的姿势。那老将却粗声对他道：“主公，我是不会让你的。”

孙权笑道：“你箭技无双，我输也甘心。”

众将士的目光全集中到了那老将的身上，鲁肃则不无担忧地望着主公。虽然不过是射鸟，他今天却很不愿意看见主公射输。他知道，那个性粗鲁不知高低的老将是东吴首屈一指的神射手。

那老将边开弓边朝吕蒙大喝：“纳命来！”

吕蒙执鸟再朝空中一掷。那鸟儿欢叫着迅猛飞向云天，那身姿竟疾如流星！

孙权与那老将张弓瞄准，同时大叫一声：“着！”

显然，这一只鸟儿的翅膀比上一只的要健壮得多，振翅的速度也比上一只要迅疾得多，然而，它的运气却比上一只的还要差。它看见两只利箭朝自己疾射，却怎么也没法躲开任何一支，它竭尽全力飞翔，却被两只利箭同时射穿了胸膛！它在空中发出一声惨烈的悲鸣，而后身负两箭，飘飘坠落。

众将士惊呆了，之后，猛地爆发出一阵雷鸣般的喝彩：“好！好！神射啊，亘古奇观……”

那神射手老将敬佩地朝孙权一揖，步下箭台。孙权却不肯离去，豪气干云地放声大叫：“谁再来？再来一人和我比试！”

鲁肃却再也忍耐不住，他独自一人，尽量不引人注意地挪到箭台的一角，用低沉的声音悄悄禀道：“主公！”

孙权微微诧异，低头见是面色凝重的鲁肃，忙微笑道：“哦，子敬回来了？”

“我回来了。”鲁肃应道。

孙权一边低头调理手中的弓弦，一边用漫不经心的语气问道：“关羽怎么说？”

“请主公回宫，容我慢慢禀报……”鲁肃低声道，面有羞赧惭愧之色。

孙权微微一怔，立刻嗔道：“此处天高地阔，何事不能言？你就在这说！”

鲁肃却仍然犹豫着，悄声禀道：“主公，回宫吧……”

尽管鲁肃已经将声音压到低得不能再低，可是他们的谈话还是被众将士听见了。鲁肃再抬眼的时候，发现所有的将军都圆睁着双眼，死死地盯着自己。

显然，孙权也注意到了众人的目光，他抬起头来，威严地扫视一眼众将军，突然对鲁肃厉声喝道："子敬，这些将军个个随我父兄出生入死，在他们面前，江东无任何隐秘。你就放心大胆地在这说！"

鲁肃一愣，略一沉吟之后，便朝孙权弯腰一揖，正声道："禀主公，关羽狂傲无比，小视江东。他把主公顾全大局的心意视为缓兵之计，仍然认为我们要暗中攻取荆州。"

孙权脸色一沉，道："关羽还有什么话？"

鲁肃又陷入了犹豫，他正在脑中盘桓哪些话是可以在这里说的。不想孙权突然怒吼："说！全部说出来！"

"关羽拒绝把女儿嫁给公子，讥讽说，江东除了嫁娶之外，别无安天下的良策了吗？"鲁肃沉痛道。

将士们听了，发出一片唾骂和怒斥之声，人群开始出现了骚动。

"更有甚者，他还辱及主公。"鲁肃的声音无法自控地颤抖起来。

孙权一动不动，眼望鲁肃。

鲁肃再次犹豫了，不知道该不该再说下去。孙权又怒了，他再次瞋眼怒喝："说！一个字都不准少！"

"关羽说：虎女焉能嫁犬子……"鲁肃闭上眼睛，一滴浑浊的老泪，几乎从他眼中滚落。

众将大惊失色。只见那神射手老将跺足暴吼："狂徒！竟然视我主公为犬，那我们成了什么？狗崽子？……"一言未尽，一口鲜血从他口中倾泻而出，到底是暮年之人，经不起这样猝然的激动，他“砰”的一声倒在地上。

一阵激动的骚乱，在将士中危险地蔓延开来。然而没过多久，经过为首将军的训诫，众将士又平静下来，在为首将军的带领下，他们面向孙权，将手中的刀剑高高举过头顶，朝荆州方向一边挥舞，一边发出阵阵山崩似的吼声：

—— 拿下荆州，将关羽碎尸万段！

—— 主公，血洗荆州，破城之后，老少不留！

—— 主公发令吧，我等与关羽誓不两立！……

在这失控的混乱之中，只有一人，立在原地一动不动。和众人的慷慨激昂相比，他显得那样平静冷漠，他就是执掌鸟网的吕蒙。在整个过程中，他的炯炯目光只追随一人——主公孙权。

而此刻，他眼中的孙权却露出比他还要平静淡漠的神色，不急不缓地问鲁肃道：“子敬啊，那你当时如何回答他？”

“我说云长，尽管你如此污辱我主，可知道我主如何作答？关羽说，发兵攻打荆州呗。我说不，我主公会说，无论云长如何辱我，我也绝不坏孙刘联盟。云长呵，国之安危，大于主之荣辱！”鲁肃一句不留地重复他在关羽跟前说过的话，他知道自己这番应对下通情理、上接大义，主公肯定满意。果然，他见孙权目光闪动，露出不胜唏嘘的神色。

“子敬说得好！比我说得都好。多谢了！”孙权提足了中气，朗声道。

众将士却仿佛没有听见，仍在愤怒地吼叫：“主公，攻下荆州，血洗三城……”

孙权忽然转过身来，怒视众将，冷声道："怎么了？你们都忘了大都督是因何罢免的？我斩不动他，却斩得动你们，再妄言攻打荆州者，斩！"

众将顿时一片死寂，再也无人敢说一字。孙权又呆了半晌，环视山涧一周，而后，独自踽踽步下箭台，孤身朝外走去。众将士沉默着，悲愤地望着他的背影。

突然，在孙权越走越远的背影身后，有人一声低喝："庸主！"

孙权闻言，脊背一颤，如遭电击。他缓缓回过头来，看向发声之人正是刚被自己贬为步卒的周瑜爱将——吕蒙。骂他也就罢了，更让他气恼的，是见自己转身他非但没有露出任何惧怕，反而两眼冷冷地望着自己，似乎他很有把握，自己手里的王权早已不稳，迟早要交给刘备或者曹操。

孙权的眼里露出罕见的凶光，吕蒙认出来，这是他下令杀死某人时惯有的光亮。可他却毫无畏惧地迎视着它。自大都督被罢免那一刻起，他早已将生死置之度外。大都督早就警告过自己，天威莫测，主公要他死，或者要他统领三军，不过是一念之差。

可在众将士的眼中，此刻，这两人对视带来的恐怖气氛，却足以让整个山涧为之颤抖。

突然，孙权将目光狠狠从吕蒙身上调开，举起手里的弓箭，怒喝道："纳命来！"

不等赶到他身旁的鲁肃伸手阻拦，一支利箭已经"嗖"地离开弓弦，扑向吕蒙。

那箭发出一声凄厉的尖啸，像长了眼睛似的朝吕蒙飞去，近了，近了，眼见就要射中吕蒙的头颈，却又在咫尺之间与之擦肩。准确地说，它与稍稍侧身的吕蒙之间，大约只有半分的距离。可正当众将准备嘘出一口气时，吕蒙却反手一把抓住那飞箭，紧握于掌中，然后，狠狠地、深深地刺入自己的胸膛！他完全无视自己胸腔涌出的洪流般的鲜血，而是傲然挺立着，将那支颤动不已、不断冒血的箭矢示意给众人。不等众人反应过来，又见他双目怒视孙权，用寒冷彻骨的声音道："如果大都督在此，肯定箭无虚发！"

众将士一声惊呼，随之，又是一阵死一般的静寂……

吕蒙说完，仍旧顶着满腔的鲜血挺立着，挺立着，他似乎想保持这样的姿势，直至鲜血流光；又似乎在等待着即将飞来的下一箭，等待着即将到来的死亡……

孙权真的愤怒了，不仅如此，"大都督"三个字，还让他陷入了难堪的窘迫。身为武将的吕蒙，不可能不知道，在罢免周瑜这件事上他的悲与怒、急与痛！他气急败坏地伸手入袋，准备掏出箭来，一举结束这个长着反骨的鸟将阿蒙。不料他的手扑了个空，那箭囊不知何时已只箭全无！

他正欲喊人要箭，却见鲁肃扑了上来，将他死死抱住，颤声乞求道："主公……主公，回宫吧！求你了！"

孙权浑身一软，他两手一松，任由那长弓自行落地。他顺势靠在鲁肃怀中，泪水夺眶欲出。

鲁肃大惊，顿时手足无措起来。

就在满眶泪水即将滴落之时，孙权狠狠推开鲁肃，独自踉跄着往前走去。整个过程，不管是鲁肃，还是离他最近的贴身侍卫，都能清楚地看见，那泪水一滴未落！

而山旮旯的那边，挺立的吕蒙却再也站立不住，一个趔趄之后，他重重地摔倒在地。就在他疼痛难忍奋力挣扎之时，鸟网的网口被他的靴子踢开了。

顿时,无数只飞鸟如黑色的疾雨冲向高空。一时间,叽啾之声铺天盖地。

孙权正踉跄而去，不想狂风骤雨般的鸟儿瞬即追上了他。只顷刻间，鸟群就遮住了太阳，遮住了整个天空，喧哗的鸟叫震耳欲聋，黑压压的黑影笼罩了行走中的孙权。

谁也没有见过如此恐怖的奇观！仿佛天空浮现出一片黑色的海洋！

而主公孙权，此刻不过像一片柔弱的羽毛，在深不可测的黑色海洋的底层，步履飘摇，孤身前行。

在孙权孤身难行、江东上下乱成一团之时，被罢免的大都督周瑜，正端坐家中，对着孙权赐予的那座编钟呆呆地发怔。

这色泽辉煌的编钟，分上、中、下三排，远看如一朵朵灿烂的花朵，近看又像一方方悬挂着的古老战阵。琥钟、嬴司钟、揭钟、大傅钟……每一只都按照大小严格排序，每一只的身上都锲铸着复杂精美的古篆，因年代久远，那字迹早已陈旧斑驳，然而，即便是文墨不通的人，也能感觉到，每一篇很难辨认的篆文，似乎都在诉说一段神秘的往事。

周瑜盘膝端坐于钟前，孤身陷入了遐想。稍顷，他慢慢抬起双手，两手各执一丁字形钟槌，开始击奏。他击出的乐音叮咚悦耳，令人心旷神怡。

不知几时，小乔缓步走近，悄无声息地站在周瑜身后。她一语不发，只出神地侧耳聆听。不觉间，她的头越垂越低，越垂越低，直至一缕鬓发从她的耳后飘落，遮住了她的双眼，她才终于忍耐不住，发出低低的耳语：“周郎啊周郎，你什么时候才能快乐起来……”

周瑜微笑着，停止了击奏，抬头道：“我身前有编钟，身后有小乔。我是天下最快乐的人。”

小乔也微笑了：“能把假话说得这么好听，天下也只有我的周郎了。”

周瑜丢开钟槌，凝神对小乔细细一瞧，问道：“有何新曲吗？”

小乔沉默了。片刻之后，方低声道：“昨夜梦得一曲，醒来满面是泪。”

“哦，奏与我听！”周瑜的脸上兴奋起来。

小乔见他有振奋之意，便盘膝在旁边的锦垫坐下。在执槌屏息、沉静片刻之后，将昨日梦境中的音律缓缓奏来。她本天资极高，那悲惨绝伦的心绪，一经她的妙手，越发如泣如诉、催人肠断。

周瑜屏息听着，渐渐地，他的目光柔和了，坚硬了，闪耀着火炬般的光芒，然后，那光芒却又骤然熄灭，陷入了死一般的入定！

终于，一曲终了，小乔满眼泪水，端坐不动。

“乐似微醺，音如隐痛。好曲！只是，小乔，这曲意何来？”

小乔以袖拭泪，俄顷，方敛首低声道：“远在天边近在眼前，就在周郎的面前。”

“在我面前……”周瑜惊骇不已。

小乔走至周瑜的跟前，指着那只高高悬挂的揭钟，那钟面上正锲着一篇铭文，那表面斑驳陆离，字迹细密如纹。

小乔用她的一只手轻轻抚摸着铭文，喃喃道：“这是篇寓言，说一只母兔带着小兔在阳光下嬉戏。一头狐狸看见了，朝它们扑去。母兔为了保护儿女，把狐引到虎穴前。恶虎一口叼住了狐，一掌按住了兔。狐与兔皆亡，唯有小兔安然回家。我心有所伤，曲便从心间流淌出来。”

周瑜不出声，只用双眼紧紧注视着那铭文，陷入了沉思。

“我想呵，这六十五枚编钟，其文都出自于巫，其工都出自于匠。唯有周郎面前那只乳钟，肯定出自一个女人。”小乔将那编钟轻轻搂入怀中，忘情低叹。

周瑜定定地望着她，喃喃道：“我在它面前待了那么久，竟没有看见它。”

小乔苦笑着：“眼观天下是男人，视而不见也是男人。”

周瑜无言地张开臂膀，小乔和怀里的编钟无言地偎入他怀中。

周瑜紧紧地搂着小乔，目光却无法离开眼前的乳钟和那年代久远的铭文。渐渐的，他的目光越来越迷离，越来越虚空。他似乎透过那文字走进了文字记载的世界。他思索着，感受着，探索着，他忘了自己身在何处，也忘了怀中的小乔。他不知道，小乔久久等不到他的回应，已在他的怀中闭目睡去。

忽然，周瑜心尖一颤，整个人如从梦中惊醒。一个惊人的念头闪电般击中了他。要让小兔逃生，须恶虎左右手均有猎物在手。曹操、刘备和江东都对荆州虎视眈眈，而三方力量之中唯曹操实力最强。曹操即为恶虎，关羽和自己属于狐兔，江东攻打荆州之时，便是狐兔入虎口之日。但是……但是，如果在这之后，还有一只小兔幸存……那么荆州就会属于……他一念及此，口中便不自觉地沉吟道：“吾命不绝城不下，吾命绝而城得！”话一出口，他又蓦然心惊，糟了，小乔是个聪颖过人的女子，不该让她听到这些事情才是。

然而，已经迟了。小乔已经清醒过来。她显然也听到了周瑜的沉吟。她蓦地睁开秋水般的眼睛，用目光久久地抚摸着周瑜充满智慧的前额、凝视远方的俊目，那目光既清晰又痛楚，既缠绵又哀伤。过了很久很久，她才又将那蝴蝶般的美目微微合上，颤嗔道：“周郎啊，你怎么可以手里抱着我，心里还搂着荆州？”

周瑜什么也说不上来，只紧紧地抱着小乔，仿佛一松手，下一秒就是永诀。

可小乔却将他狠狠一推，周瑜没有防备，整个身子撞倒在身后的那只揭钟上。“轰”的一声，那揭钟又撞到了紧挨着它的揭钟，紧挨着的揭钟又撞到了它身旁的乳钟……编钟们一只接一只地彼此撞击着，发出不绝于耳的轰鸣。

细心之人可以听出，在这悲鸣声中，有一缕细细的颤音游丝般蜿蜒，闻之令人心碎。

周瑜什么也听不见了，只听见小乔在悲痛中失声狂喊："周郎，让我生个孩子吧。要不然，往后我还有什么念想？"

周瑜拼了命地去抱小乔，又企图在她的发髻、脸颊上印下无数的亲吻，他想借此让她安静下来。可是小乔不肯，她挣扎着，坠落着，任凭潮水般的眼泪濡湿了自己和周郎的衣襟。

就在周瑜最后一次抱紧她，试图将她纳入自己的怀中时，周瑜忽然腿脚一软，跌倒在附近的一只揭钟上。

轰……轰……轰……

一瞬间，震耳欲聋的钟声在空旷的舍宇回荡，仿佛整个天地，都陷入了不可名状的惊悚之中！

第　四　章

鬼城！鬼城！

吕蒙不知道自己睡了多久，在他醒来的那一刻，他看见夕阳正照在美丽的吴山山涧，四周满是芳香的青草和灿烂的花朵，一切都和他最后一眼看到的一样……没想到阴间的吴山也这样壮美！他暗自纳闷。他以为自己已经死了。可他还是习惯性地伸出手去摸自己的剑鞘，他已经忘了，在激怒孙权的前一天，他已经被贬为步卒。可是蹊跷的事情发生了。那剑鞘还在，不但如此，连那剑、那刀、那匕首，全都在离他不远的伸手可及处。他突然也就清醒了，一骨碌从地上跃起。就在他低头的瞬间，他看见自己胸前裹得厚厚的雪白的绷带，因为他的刚刚发力，那绷带的边缘正渗透出新鲜的血迹。还有，在他刚刚站立起来的地方，那原先放置鸟网处，突然多出了一个小小的圆包裹。他忙一把扯开，是一本他正在练习的剑谱、两件换洗衣裳和两块行军干粮。

他这才完全清醒，他没有死，主公没有杀他，不过，因为他面辱主公，东吴已容不下他，有人安排他离开这里。

想清楚了这些，他背上那小小的包裹，捡起自己的刀剑和匕首，起身朝吴宫的方向拜了两拜。而后，便沿着一条荒无人烟的山道走了上去。他只知道自己要离吴宫远远的，可是具体去哪里，他一时还想不明白。

春夏之交的吴山正处于最美丽的时节。一座座青山像碧绿的石枕横在溪头，溪水如同晶莹的玉带，将一条条山道紧紧地环绕。吕蒙迎着丝绸般柔软的春风，呼吸着蜂蜜般香甜的山气，竟然感觉到一阵前所未有的轻快与惬意。

然而，在他爬到那寂静山道的大半，准备坐下稍事休息时，忽然听到一阵低沉的箫音。

一个熟悉的人影，正坐在前方层层叠翠的山林之中，那人手执一支乌箫，头也不抬地呜呜吹奏着。他的眼睛根本没有看到吕蒙，也没有看向自己手中的箫孔，他正凝神望着一只翩翩而来的蝴蝶。那美丽的生灵似乎能听懂这美妙的箫音，它在他的肩头绕来绕去，在乌箫的洞口逐个探寻，最后，竟然停在了那端凝不动的箫端。那人微笑着，停止了吹奏，深情地注视这只蝴蝶。那蝴蝶也似乎感受到了什么，缓缓摆动着透明的翅膀，像是和他互通款曲……

“大都督！”吕蒙走到他跟前，双臂交握着，深深弯下腰去。

那蝴蝶受到惊扰飞开了，周瑜抬起头来，一脸平静地望着吕蒙。

“我那样怒骂主公，他本该杀我才是。没想到只是将我赶出了都城。为什么？他为什么不杀我？是大都督救我的吗？”

吕蒙沙哑的嗓音让周瑜目光闪动。

“不是。”他答道。

“那又是为何呢？”吕蒙陷入了遐想。

“不必多想，想也无用。”周瑜用亮晶晶的目光看着他，“人各有命，生死在天。你命不绝，总是因为事未了。”

“何事？”吕蒙诧异地问。

周瑜定定地望着吕蒙，良久，忽然做了一个深深的折腰动作，跪在了吕蒙的面前，揖拜道：“我有一件大事要拜托你。”

吕蒙的目光也闪动起来，显然，这一连串不平凡的遭遇早已在他心中埋下了预感的种子。他凝立着，一动不动，只肃声道：“如能为大都督而死，吕蒙快哉！”

周瑜起身，用一根食指遥指山峰一侧的天边，问：“看见那片山峰吗？”

吕蒙一眼望去，见是吴山山峰中最巍峨的一座，人称“绝命岭”，便道：“看见了。”

“那山峰后面有什么？”周瑜问。

“那儿有一座废城。已经荒废一百余年了，周围百里无人敢居住。传言那城里有魔障，入者暴病而亡。所以都叫它鬼城。”吕蒙答。

“正是！”周瑜高兴地点头，脸上露出久违的笑容，“那你可知道，两年前，那鬼城里进驻了千余名亡命之徒，他们不是自发去的，而是我从各处寻来的。他们别无所长，只每日以攻杀为乐。两年多下来，相互厮杀得只剩下二百余人。但这二百余人，个个堪称死士，个个能赴汤蹈火，飞檐走壁，个个打不死砍不烂，冷酷无情，嗜血如命。”周瑜一口气地说下去，几乎可以用滔滔不绝来形容。

“哦！”吕蒙诧异道，“他们如此亡命，总有所图吧，总当有个念头吧？没有人天生喜欢攻杀！”

“问得好！”周瑜的微笑愈发沉着，“他们的念头就是，有朝一日杀进吴宫，斩孙权，夺大位，拥我做江东之主！这样一来，他们自己也会拜将封侯，得到终生的富贵。”

吕蒙面露骇然之色，他想说什么，却终于没有说出。

周瑜却看透了他的心事，他转过头来，用亮得怕人的目光逼视着他，似乎要将他内心最深的隐秘自动浮现出来。他厉声道：“当主公那支利箭射来时，你也生过类似的念头吧？”

吕蒙像被什么烫着了似的，脸色一下子变得灰白，他惭愧地垂下头，不敢再看周瑜。

“我拜托你的，就是要你去做他们的首领！他们虽然悍勇，却只会搏命而不知兵法。我要你去训练他们，把他们练成既能搏命也能听命的战士。在三个月内，将这二百人练至百人以内！”周瑜厉声道，完了，又加了一句作为补充，“因为人多无用。”

“知道了，大都督给一道令符，我这就去鬼城。”吕蒙慨然答道。直到这时，他的勇毅和果敢才完全显示了出来。似乎他答应的，不过是一件再寻常不过的小事。周瑜满意地看到这一点。

“令符无用，他们不认。”周瑜笑道。

“那么，我又如何让我们认我？”吕蒙面露狐疑。

周瑜把手中的乌箫递给了吕蒙，指点道：“你执它入城，直至后殿正中，吹响长箫。他们便会一切听命于你。”

吕蒙接过那支乌箫，沉着道：“末将明白了。”

“还欠一个东西！”周瑜深深地注视着吕蒙，似乎那是一个难以启齿的东西，在考验他们之间的信任。

“大都督尽管拿去！”吕蒙挺了挺身子，“吕蒙这条性命早就是大都督的！”

周瑜却只是笑了笑。“把你的兵志给我！”他说。

吕蒙忙摘下脖子上的吴钱，默默交给了周瑜。

周瑜接过，突然“嘎”的一声将其掰成两半。他留一半执置于掌中，另一半递给了吕蒙。“三个月后，会有人执我这半边兵志前来找你。无论此人是谁，也无论此人下达什么命令，传达的都是我的话。你即刻率队出发，完成使命。”周瑜盯着他的眼睛，下了最后的命令。

吕蒙的回答只有一个简短的“是”字！而后，他便低下头，双手执箫，朝周瑜匆匆一揖，飞快地掉头下山去了。

孙权回到吴宫的时候，已近子时，群殿的灯火几近熄灭，直至走到大堂近前，又见几簇烛火在明亮地摇曳。按照宫里的规矩，陪侍的宫女们都休息去了。盘坐在锦垫上的，是几个衣着淡雅的乐女。她们正按照他的命令，演练击奏钟乐。

一眼望去，那剩下的编钟和赐给大都督府的那座毫无区别，一样的辉煌精美，一样分上中下三排，近看好像高高悬挂的古老战阵，远看像灿烂的花朵；一样按由大及小的顺序，分为琥钟、嬴司钟、揭钟和最大的一座大傅钟。

孙权从宫门外踱入大殿时，乐音正行进在沉缓的低音部分，他的情绪本来低沉，听着这样的奏乐，觉得正暗合自己的心境，不觉将脚步放得更慢了些。

钟声像一条奔流在大河底部的暗流，发出一阵阵低沉又深邃的回声，令人想起那最遥远最隐秘的内心世界……

孙权聆听着，渐渐坠入了自己的心事之中。然而，忽然之间，一个月牙脸的乐女在敲击最右边的大僔钟时，手腕不自觉地哆嗦了一下，脸色一下子变成灰白。那音不对！她的表情在说。很快，在身旁踱步的孙权也意识到了这一点，他停下步子，沉吟着。可其他的乐女却全然未察，那钟声高高低低，继续往前。然而，又是一个低音出现了。那月牙脸的乐女面露惊慌，不得不再次硬着头皮击打了一下大僔钟。果然，那残缺的破音又一次奏响了。

“停！”孙权厉嗔道，同时望向那个乐女。

那可怜的乐女瑟缩着身子，脸上一丝血色全无。

“都下去吧！”孙权朝她们挥了挥手。

乐女们惊惶地站起身来，迅速又小心地退出去了。

孙权走向那座大僔钟，凑近了，细细端详，那大僔钟灿烂如故，却看不出任何异常。

孙权围着那大僔钟缓缓地踱着步子，在走到那钟身背面时，突然愣住了。有拇指那样大小的一块，粗看与其他部位无异，细看却闪着不一样的暗光。那金属表面明显被什么人用刀剑之类的利器削去，露出更加柔软平滑的内部截面。孙权凑近了看时，果然看见那截面上镂着两行细细的用剑锋刻下的小楷，写的是：“吾命不绝城不下，吾命绝而城得。”

孙权又是一愣，但他很快反应过来是何人所写，这字又是什么意思。他踟蹰着、沉思着，凝视那字迹半晌之后，忍不住仰天长叹，含泪自语：“公瑾有取荆之策了……”

就在孙权抬头的一瞬间，他看见那把已经赠予周瑜的王剑，又回悬于大堂的剑架上，他一怔，随即大步上前。“好！”他沉吟着，一把抓过剑鞘，抽出那断剑，在那镌字的钟面上奋力一刮！顿时，那珍贵的字迹随着剑锋划出的一道弧光，彻底消失了。只余一块平淡无奇的金属断面，在烛影里发出幽暗的光。

他平静地将断剑入鞘，从容地转身，离开了大堂。

和周瑜告别之后，吕蒙便背上小小的圆包裹，胸前裹着渗血的绑带，手执乌箫，跨过“绝命岭”，涉过护城河，在第二天黄昏时分，来到了传说中的“鬼城”。

如果不是亲眼所见，吕蒙不会相信，就在离吴宫几十里远，竟有这样阴森可怖的废弃之城。野生的蓬草和藤蔓漫过了头顶，黑黢黢的乌鸦和老鹰在参天的浓荫间发出让人毛骨悚然的叫声。那城门倒是巍峨，只是不像是人建造的，倒像是从某幅可怕的冥画里走出来的。最瘆人的是那城门前的空地上散乱着的森森白骨。这很容易让人想到，有多少敲门之人命丧当场，又有多少人，被城中之人饮血剔肉之后抛骨于此。如果吕蒙不是有令在身，他绝不会走上前去，推那半开半合、形同鬼魅的城门……

“哈——哈哈——”如果吕蒙的手抖得再厉害一点，或者反应再慢一秒，他的脖子已经成了两截。就在他伸手去推那腐朽的城门时，一只冰凉的手掌忽然攀上了他的后脖颈，并死命地将他的脖子往前推。他转头一看，魂魄几乎飞天。那哪是个人，明明是一具骷髅，正咧开猩红大嘴，朝他哈哈大笑。

“做甚？”吕蒙边拧住脖子上的“手”，边瞪大眼睛问那厉“鬼”。

“此树是我栽，此门归我开！”那“鬼”的手被吕蒙捏住，只得从骷髅里瓮声瓮气地说。

吕蒙听出来，这是个刚刚发育的年轻男孩的声音。他笑了笑，将那手从自己的脖子上挪开，掏出一枚金质吴钱，放入那手中，问：“够了吗？”

那小鬼看了看手心里的，又放在耳边听了听，说：“够是够了，不过……”说着，不等吕蒙回答，那手又伸到了吕蒙的脖子——伸向那只被掰去一半的吴钱！

“去！”吕蒙忙一个转身，扭住他一条胳膊，一条腿不客气地往他的膝盖扫去！“这个不能给你！”

只听“呯”的一声脆响，一个十三四岁的黑瘦少年跌倒在地上，那骷髅头和白骨支架跌成了几片。“你……欺负人，让人看见了还不给！”那少年做出要哭的样子，他整个人蓬头垢面，又穿着破烂得看不出颜色的衣衫，看上去好不可怜。

吕蒙犹豫起来，想从口袋里再掏几枚金币，不想那少年却又大叫道：“老鬼、大毛，你们还不出来？这人身上有货！”

不等吕蒙拔出剑来，草丛里两具不惹眼的骷髅，突然直起身朝他扑来。

他忙左右环视，以剑护身，那两具骷髅的力气比那少年要大许多，他们一个潜入他的背后，一个突袭他的前胸。他一心护脖子里的那枚吴钱，胸口一不留神挨了那大个子骷髅一掌，新的鲜血立刻渗出了绷带，瞬间一股甜腥的气味在空气涌动开来。

“啊——”吕蒙听见那大个子一声惊叫，不等他看清，那带血的绷带已经被他死死咬住，那小个子也转过身子朝他的前胸扑来。不仅如此，那骨头摔断的少年也不知什么时候抓住了他的小腿，正拼命往他的胸前爬……

“啊——啊——”一声声兴奋的惨叫，震得他几乎耳朵发聋。他一边与他们肉搏，一会拼命让自己冷静下来。好一会儿，他才反应过来，那是他们看见血迹之后的兴奋与迷狂。他伸出右手，将胸前的绷带猛地一扯，往远处奋力一掷！那三人争抢着，像三条疯狗，追随那血迹而去……

吕蒙撕了衣衫将伤口裹住，来不及喘上一口气，便又去推那城门。这次他比刚才要小心得多。他扎着马步，左手执剑，右手执箫，不停左右互视，小心翼翼地往内探进。这城门大概很久没人来过了，壁缝间看不到一丝光亮，到处结满了蛛丝与尘网。好在他每日练习夜视射击，很快便适应了那黑暗。只见前方一座巍峨正殿，两侧像是士兵的营房，后面是一座庙宇形状的建筑，再往后，是比正殿还要高大森然的建筑，他立刻断定那必是大都督所说的后殿无疑。吕蒙在黑暗中一下子几乎认清城中所有的建筑，这一点让自己也暗觉惊奇。这鬼城自己为何如此熟悉？倒好像什么时候来过似的。他这样想着，又不自觉地提起那箫，似乎和那箫也有着神秘的联系。谁知他不提那箫倒好，一提，那铜箫的端口不慎碰到了一处墙砖。顿时，那暗朽的砖石“哗”地飞落下来，不仅如此，不等吕蒙反应过来，那一大块城墙连带着半个城门应声而落。这时再往前或往后闪避已不可能，吕蒙只得一个飞身，往废墟的坠落处直攀而上。

他右手执箫，左手挡石，试图踩着巨石抵达正殿屋顶，在他当前的视野中，只有那片平坦可以栖身。然而，不等他躲开巨石，右手忽然一空，只听一个老鼠般尖厉的声音在耳边聒噪说："老大，我替你找到一样好东西！"借助微弱的光亮，他看见一个黑色的背影正擎着自己的铜箫，往正殿飞奔而去。

吕蒙感觉一阵金色的目眩，一摸后脑勺，才发现自己的脑袋被巨石砸伤了。他知道自己又流血了，在这帮嗜血的半人半鬼之间，这是极其危险的。要夺回铜箫，不可强攻，只能智取。因此倒也并不急躁，只默默跟在那黑衣人身后静候时机。

"什么好东西？"正殿门口，吕蒙看见一道白光一闪，一个身着白色长衫的男人飘到了那黑色背影的跟前。等到那人的脸可以看清楚时，吕蒙差点失声惊叫起来，那人竟是大都督周瑜！不过他脑中立刻另有道暗光闪过，这不可能，他对自己说，不说自己受大都督所命前来，但听这充满戾气的凶狠的声音，也绝对不可能是大都督。果然，他又听见那黑影对白衣人道："铜箫啊，和大都督一模一样的铜箫啊！你不是一直在找这东西嘛，今天可是被我找着了！"说罢，举着那铜箫在白衣人跟前一晃，却又收了回去："不过，作为报酬，你得将你的剑送我使两天……"果然，吕蒙定睛细看，那白衣人虽然长着和周瑜一模一样的脸，可那脸上的神情蒙昧呆滞，像是中了什么魔怔。"哈——我的剑啊，好说好说！不过，你这箫看上去……"说毕，便趁那黑衣人不注意，偏劈手来夺。吕蒙心里已经一下子明白了七八分，趁两人交手的当口，瞅一个虚空，徒手朝那黑衣人腋下一拳。那黑衣人一个趔趄，铜箫落手。那白衣人本想分手来夺，看见吕蒙的脸之后，先是一愣，随之反手指向黑衣人，哈哈笑道：“来，快来看看，这人是谁！”

那黑衣人转过身来，吕蒙一见他的脸，瞬间石化！

但见那人目似铜铃，眉似卧蚕，一张端正有棱的黑脸上满是粗豪与不羁，这不是别人，正是江东猛将吕蒙！

吕蒙一个箭步跳将过去，人未到，箫端已贴着那人的鼻尖。“你是谁？”他喝道。

那人不慌不忙，只一个轻巧的低头转身，已逃脱了吕蒙。“你又是谁？”他竟也这样问吕蒙！

“我是谁，你不知道吗？”吕蒙怒喝，他以为对方是以他为样本易容而扮。

“那我是谁，你也不知道吗？”那人竟也怒喝道，那怒气之豪壮，似乎并不比吕蒙少一两分。

有那么一瞬，吕蒙真有见了鬼的困惑，这人不但和自己面容相同，连说起话来的腔调也是一模一样，莫不是自己这是来了阴曹地府？他正踌躇，忽听见那白衣人微笑道：“还能是谁，另一个影子罢了！吕蒙，你还不赶紧杀了他？”

吕蒙一愣，出于一种本能，他的箫管已直戳那黑衣人的喉咙。然而，与此同时，他也感到颌下一凉，一支粗粝的剑锋也压在了他的颈前。他抬眼一看，那人脸上也是惊恐又犹豫的神情。

“还犹豫什么？你难道不知道，真正的影子只能有一个，有你无他，有他无你！”那白衣人又道。这次，吕蒙瞧清楚了，他说话的口吻始终对着那黑衣人。显然，那黑衣人才是他口中的“吕蒙”，或者说，是“吕蒙”真正的影子，而自己则是影子中的杂牌。

那白衣人的话显然对黑衣人产生了影响，他立刻将剑锋移至吕蒙的胸前，脸上露出狡黠又凶残的神情：“兄弟，那就对不住了，我们好久没有下酒好菜，今晚就借你的心肝一用！”说毕，拧起手腕就往吕蒙的心窝剜来！

吕蒙早已看出，这影子不仅功力浑厚，而且举止跳脱，便在出手时暗中留了一份心。他不但没有闪避，反而挺胸往剑锋迎去。那“影子”发怔的工夫，他右手箫管直击对方的天灵盖！影子大骇，仰面倒地，吕蒙上前一步，一脚踏上他的胸脯。

“既是影子，受伤的地方也得一样吧！”他边说边朝自己的前胸努努嘴，做出也要刺穿他前胸的样子。

“兄弟，好兄弟，我做你影子，不过你得先把脚放下来，哪有踩自己影子的，不吉利……”那影子讨好道，神态近乎谄媚。

吕蒙犹豫起来，铜箫在对方的胸口打着转。他在思忖如何既不伤人，又能顺利抵达后殿。

“老大，你怎么见死不救，亏你还想做大都督……”那影子又对着那白衣人叫道。吕蒙和黑衣人交手的工夫，那白衣人始终在一旁微笑着，袖手旁观。

“倏呜——”吕蒙发怔的工夫，那白衣人终于对着殿堂的屋脊吹了一声口哨，那高亢嘶哑的声音让人想起野地里的狼嚎。

顷刻间，数十个影子在灰暗的光线中聚集，将吕蒙和黑衣人团团围住。吕蒙用余光打量他们，他们虽一个个衣衫褴褛，眼中闪着穷凶极恶的光，可举手投足间，却又似乎有种熟悉的狂放与粗豪，吕蒙心中又开始暗暗纳闷。

“老大，动手之前先把东西分好！不然，回头又要吵闹！”一个白面书生似的家伙朝吕蒙走了两步，转身对白衣人道。

“对！先说好了，我要心肝！”一个粗眉大汉道。

“我要腰子和肺！”一个黄脸矮胖子道。

“我要舌头和眼睛……”

“好的都被你们分了，谁还跟你们干？”没等所有人说完，也没等白衣人表态，一个和自己一样黑方脸的家伙怒道，并做出转身要走的样子。

“就是！别好处没捞着，反落一身骚！”另一个粗眉大汉也朝白衣人喊。

看看他们的样子，再看看自己脚下面露狡猾、想乘机而逃的黑衣人，吕蒙突然福至心灵，这些人的面相和举止，毫无例外地，全在模仿包括自己和大都督在内的一群人——几十公里之外的东吴将相！

吕蒙仔细数了一数，一个周瑜，两个鲁肃，三个吕蒙，四个陆逊……就连叫不出名字的老将偏将，也不乏模仿之人。

“怎么，你们连大都督的话也不听了吗？”不等吕蒙从沉思中惊醒过来，那白衣人突然指着吕蒙，对众人大喝，“杀了他！”说毕，便大吼一声“看剑”朝吕蒙扑来。

吕蒙一惊，脑中随即掠过周瑜交代过的，“将二百人练至百人以内，因为人多无用”的声音，索性就将心一横，左手拔剑，右手执箫，同时朝白衣人和地下的黑衣人刺将过去！

从正殿到后殿短短几百米的距离，吕蒙每前进一步，都遭遇重重的搏命和阻杀。搏命，大都督说得没错，这是一群天生的亡命之徒，他们一开始是在白衣人的带领下，想扒他的心、吃他的肝，后来，杀着杀着，却似乎从吕蒙和自己的血迹里找到了难以名状的快乐！他们偷袭他、辱骂他、攻杀他，不像是为了将他打倒击毙，倒像是数十只猫咪在戏弄一只走投无路的老鼠，他们调戏他、触怒他、嘲弄他，他们拿自己的性命不当回事，反而对他的奋勇血战嘲弄讥讽……

正如大都督所说，这帮人只知搏命不谙兵法，在吕蒙步步为营的攻防之下，他们一个个倒在了血泊之中。

然而，事情的吊诡之处在于，这帮人完全不拿流血当回事。眼见越来越多的死伤，竟然从梁下，从路旁，从门后蹿出越来越多的亡命之徒。更有甚者，在吕蒙声东击西、虚张声势的战术之下，他们之间的互相误伤，竟屡屡引发互相之间的杀戮与砍伐！

从黄昏到黑夜，这场恶斗整整持续了两三个时辰，吕蒙抵达后殿的时候，已经辨不清除了胸前的旧伤之外，自己又添多少新伤。因为太长时间的紧张发力，他的双眼模糊，伤口血流不止。在砍伐了太多的长枪大刀之后，长剑的剑刃几乎卷曲，还有铜箫，整个箫身血肉淋漓，几乎找不到箫孔。不过无论如何，他总算突破了这帮恶鬼和疯子的纠缠，来到后殿，现在，只要按照大都督吩咐的，拿起铜箫来吹奏，这些人就会降服归顺！

吕蒙闪避着尾随而来的四五个黑影，边举步往大殿正中的王位疾走，边将铜箫举至嘴边。

那四五个黑影见他不走反留，似乎被他的举动弄得有点糊涂，他们招呼着窗外数不清的黑影，将吕蒙再次团团围住。和身负重创的吕蒙相比，他们个个身轻如燕、手执利器，似乎只要一个小小的破绽，他们便能取他的心肝，喝他的鲜血。

吕蒙往门口的方向一个趔趄，故意卖了个破绽之后，向王位的方向跌坐了下去，不等那群黑影再度围拢，他执起铜箫用力吹奏了起来。然而，让他毛骨悚然的事情发生了——那铜箫的声音似乎被消除了，无论吕蒙如何用力，硬是发不出一丝声响。吕蒙的脸上露出了骇人的死色。眼见那帮不怕死的家伙离他越来越近，越来越近，近到不用他们动手，仅是轻扫而过的刀锋刃口，便能让他粉身碎骨、化为肉泥。

为避开影子们的追击，吕蒙站到了椅子上，再次举箫狠吹。突然，那箫口发出“噗”的一声，竟有一团血肉从箫管中脱身而出，溅到数尺之外。顿时，那群黑影全都如同被施了魔法般呆定，怔怔地望着吕蒙。

那箫管终于通了，并迸发出一阵尖锐得如同刀枪相击的长鸣！那一瞬间，天惊地颤，摧肝裂胆……

正如大都督所说，所有的黑影全都就地凝定，静静地注视着吕蒙，片刻之后，又如同一群被操纵的木偶，缓缓放下手中的利器，像自己竭力想模仿的那群东吴将相那样，朝吕蒙所在的王位就地跪下，揖拜下去！

第 五 章

战机！战机！

得到主公将在下月攻取益州的消息之后，关羽一连几晚处于难眠的兴奋之中。主公不仅是主公，还是他的大哥。如果主公此举顺利，从此得到西川，也就有了取天下的根基。他为大哥高兴的同时，也有一层为自己得意的意思。虽然当初大哥借荆州时，曾允诺过孙权，“取西川即还荆州”，他关云长不是贪生怕死之辈，可是荆州北据汉、沔，东连吴会，一旦和巴蜀相连接，就会成为西川的门户，成为大哥夺取天下的最佳据点。到时，荆州的战略位置不但不会削弱，而且会得到增强。到时他要规劝大哥不要归还荆州，而且要以荆州为据点，北击曹操，东遏孙权，一图天下。想到这里，他恨不得唤醒熟睡的守城将士，连夜为大哥厉兵秣马！

这天清晨，和刚刚过去的好几天一样，他早早地醒来之后，故意在床上躺了一会，直到起床号吹响，才迅速沐浴更衣、穿盔戴甲，并速传儿子关平，让他早上操练时和自己过招！做完这一切，他又在心里思忖了一会，今天，主公正式借兵的信使该到了，到时他到底借多少兵，该给荆州留多少，想到这个连日来已反复考虑多次的问题，他一面沉思，一面露出惯常那种骄矜的微笑，就是那种足够自信、成竹在胸者才会有的微笑。

卯时整，太阳从厚重的云朵里才露出一缕光亮，关羽已经在和儿子关平在校场内厮杀起来。在他们四周，将士们的拼杀打斗声此起彼伏，热腾腾的杀气迷雾般在空中蔓延。关羽胯下站着那匹著名的赤兔马，手上立着那把青龙偃月刀，站在校场东头的身姿，像一座巍然屹立的山峰。而关平，则立在校场的西头，身骑一匹鬃毛如雪的汗血宝马，手提一柄紫金大砍刀，像一只刚刚冲下山头的猛虎。

"杀——"

几乎是同时，父子俩大喝一声分别从东西两端冲来。"哐——"两柄战刀在空中互相碰撞，迸出闪亮的火星！因为攻防相当，双方暂时都没捞到好处，两匹骏骑很快交蹄而过。不过很快，父子俩几乎同时勒马回首，再次恶斗在了一起。

即便是离他们最远的士卒，也能看得分明，这两父子是铆足了劲，真刀真枪、你死我活地拼杀，他们每一个的招式都鲜见虚空，每一次搏击都是生死相拼！

然而即便攻杀如此激烈，这父子二人却没有放弃在间隙交谈的机会。关平瞅关羽往左边疾走，便一个挺身砍向父亲的右肩，并边砍边向父亲禀道："父亲，江东细作来报，孙权未改初衷……"

关羽往后一仰，眼见关平的刀锋落空，举起青龙偃月刀朝关平迎头便劈。"接着说！"他大喝，声音响若洪钟。

关平没有闪避，反而迎面朝关羽胸前猛撞而来。“鲁肃当着江东众将的面，向孙权禀报了父亲拒婚的全部经过，还当着所有人的面说出东吴除了婚娶再无安邦良策、虎女焉嫁犬子，所有将军闻言大怒……”

关羽也没有闪避，而是提起刀来，对准儿子的脖颈，狠狠劈了下去。“怒了？怒得好！怒得好啊！”他感叹着，手上的青龙偃月刀挥舞得更加迅疾。

“但孙权再次重申，妄言取荆州者，斩！”关平不得不低下头去，躲开父亲的大刀。

“哼哼！我看，这才是孙权故作妄言！”关羽挥舞着青龙偃月刀，那刀锋时刻咬合着关平的刀锋。

“吕蒙当时脱口而出——庸主！”关平不得不继续攻杀，但是从速度和气势上看，他的主要心思已经转移到了谈话上。

关羽的大刀却越来越快，逼迫得关平到处闪避。“哈！哈！哈！”关羽兴奋地大笑，那笑声里似乎充斥着无限快意。

“孙权一箭射来，当场射死了吕蒙……”关平却已经镇定下来，开始向父亲挥刀反攻。

关羽一怔，手上的反应立刻就慢了半拍，只能勉强在空中架住关平的长刀，他的脸上露出不胜惊诧的表情。“什么！射死了？！”连语气也是惊疑不定的。

“千真万确，细作亲眼看见，吕蒙心口中箭，随之倒下，再未起身。”关平很有把握地回答。

“哦！”关羽不禁沉吟起来，脸上的表情由惊诧转入了深思。“吕蒙是江东勇将，日后有望掌军的。孙权竟然射死了他！这事儿倒有些不同寻常！那细作可是真正看清了？”

“说是看清了，说是亲手、当众！”

关羽放下了青龙偃月刀，勒住了赤兔马，脸上沉思的表情里渐渐有了一缕感叹的味道，他微微地叹息着，眼睛里露出兔死狐悲的伤感。猛将又如何呢？生死之命，还不是在主公的一念之间？

关平将父亲的表情看在眼里，知道这时不该说话，也就相陪沉默着。

天色渐渐亮了，晨曦慢慢散开了朦胧的外衣，地平线在不远处的天际清晰地显现了出来。远远的，校场的士卒们看见，有一队风尘仆仆的人马影影绰绰出现在校场的门口。

关羽父子听见值班校尉的大声传令：“禀上将军，参军马谡到。”

“总算到了！”关羽嘀咕一声，在赤兔马上坐正了，朝入口处望去。那里，马谡正策马朝他飞驰，看见他之后，立刻下马拜揖道：“马谡拜见上将军！”

关羽回礼，微笑道：“参军辛苦。你此次来荆，是要调兵入川吧？”

“将军神武，一料便中。”马谡恭敬地回答。

“我早替大哥准备好了，给你十二万精兵！”关羽自豪地仰天长笑道，似乎这十二万精兵，就是天兵天将。

马谡大惊，失声道：“十二万？调兵十二万之后，将军拿什么守卫荆州？”

“我留三万兵足矣。荆州城中两万，章陵南阳各五千。”关羽胸有成竹地回答，自负之情溢于言表。

马谡想起临行前，军师诸葛亮关于“荆州是吾命脉，万不容失，而云长自视甚高”的叮嘱，沉吟道：“军师再三叮嘱，荆州是吾命脉，万不容失。上将军兵马太少，万一——”

“没有万一！”关羽嗔喝道，“一年之内，曹操绝无攻荆可能。东吴孙权，既惧我又惧曹。我有三万军在此，荆州万无一失！”

马谡略有不快，但仍然微笑着提醒道：“上将军说得是。不过，主公取川地后，必挥师汉中，攻取中原。是时，定会需要将军由荆州出师，先取襄阳，再北击许昌，协助主公攻取天下。到了那时候，上将军就会觉得兵少了。”

关羽微微一怔，不过片刻之后，却又自负地呵呵笑了：“是啊。到那时候，我若有十万精兵，定能荡平天下。”

“所以，请上将军留下六万军吧。”马谡恭谦地恳求。

马谡之所以说出六万这个数字，还是因为军师临行前的关照。“见到云长之后，你先不说主公要调他多少兵马，而要先问他需要多少兵马才能确保荆州无忧。如果他说三万足矣，你就留给他五万。他如说五万足矣，你就留下七万。他说七万足矣，你就留下九万！余者才能发往西川。”

可关羽却分毫不让，“三万！” 他斩钉截铁道。

“六万！”马谡固执己见。

“三万。”关羽微笑着，声音里却微微有了些恼怒。

“六万！”马谡咬紧牙关。

关羽不作声，面色却渐渐冷峻，威严的目光里渐渐堆积起隐约的怒气。马谡也沉默了，不过他的沉默暗含着一种天然的畏惧。他甚至不敢看关羽，偶然间的目光一触，马谡便感觉浑身一懔。

终于，马谡垂下脑袋，小声道：“请留下五万军吧。否则我无法跟军师交代……”马谡脑中最后的弦并没有放松，他始终牢记着军师诸葛亮所说的——“他说三万足矣，你就留给他五万！”

关羽却大怒，他对着马谡大吼起来：“又是孔明！你回去告诉他！让他只管全心助我大哥谋取西川，荆州有关羽，三万军足矣！”

几乎是他的话音刚落，马谡便像挨了最后一鞭子的马儿，立刻俯首帖耳道：“遵命。”

面对关羽这样的人，除了服从，还能有什么办法呢？他不但立刻将留多少兵的最后交代忘得一干二净，而且连军师另外两句让他转述给关羽的话也忘得精光。

“须再三叮嘱云长，要与东吴和睦相处，万不可两面受敌。”

这是他别了关羽，出了荆州城门，往脑门上抹了好几把汗之后才想起来的。他有点想转身回去再向关羽转述，不过他脑中接着又滑过一个闪念。关羽既不信军师，说了又有何益？不过是徒增两个白眼和一次怒吼罢了！他也就甩甩头，策马扬鞭，匆匆往西川的方向去了。

两天之后的一个早晨，阳光像融化的蜂蜜在吴宫金碧辉煌的殿堂屋脊上缓缓流淌，后花园内，明媚的花朵压弯了细嫩的树枝。主公孙权遣散了所有的乐女，独自在大堂对着唯一的一座编钟发呆。

和煦的春风好像知道他的心事，一阵阵扑入门帘，在编钟上肆意地敲击着，发出嗡嗡的低鸣……

如椽的阳光也不甘示弱，从宽大的窗棂照射进来，像一道道闪亮的剑锋，击打着冷峭的钟面。从孙权的角度看过去，高低错落的编钟之阵，宛如一方待发的士卒战阵，井然有序，暗含杀机。

孙权围着那编钟，一圈圈地踱着圆形的方步。阳光照在他的额头、鼻子、肩膀，当他背着阳光彻底转过身去，整个背影都成了流光溢彩的金色，这让他看上去像一尊镀金的佛影。

不知道什么时候，鲁肃步入大堂，在身后揖道："主公，刘备已与刘璋反目，五日前开始攻打益州。"

孙权道了声"知道了"，却没有停下踱步。显然，这件事他不是早已得到禀报，就是在他的意料之中。

"关羽发兵十二万，前往川地助刘。荆州守军，尚有三万精兵。"鲁肃头也不抬，继续说道。

"荆州两万，章陵南阳各五千。"孙权叹道，"已经足矣！"

鲁肃抬起头来，看了主公一样，明明是一副有话要说的样子，可是突然就闭口不言了。

孙权问询似地看了他一眼，道："有什么话你就说吧！"

"既然主公什么都知道，在下就不知还能说什么了！"

孙权瞪他一眼，不知怎么，就突然有些不高兴了，嗔道："怎么就不知道说什么了？我看你明明有一肚子话。怎么，你也担心我这个庸主，因为你说了不该说的话将你处决吗？"

鲁肃忙低下头，低声道："鲁肃不敢！"

"那就将你最想说的，说出来！"孙权命令道。

鲁肃沉吟起来，似乎在想说的话里小心地挑拣着字句。

“江东军情不稳了，将士们心怀愤恨……”他终于再次低下头去，小心翼翼道。

“愤恨？”孙权惊奇地睁大了眼睛，“他们恨谁？关羽？刘备？还是诸葛孔明？”

“他们恨的是您，主公！”鲁肃的语调更加小心了，好像在担心自己的话语是一道闪电，随时会引爆一声惊雷。

“恨我？”孙权苦笑着，脸上露出哭笑不得的神情，显然，他觉得恨他的那些人不但糊涂，而且愚蠢。

鲁肃的脸上却露出了剧烈的痛苦，他的声音颤抖得几乎语不成调。“是啊。主公能忍，但将士已经难以忍受关羽的污辱了。他们恨你已经恨到了这个程度——要么杀关羽，要么杀主公。或者两人都杀，先杀主公再杀关羽！”好不容易，鲁肃才将自己想说的核心意思，完整地说了出来。

孙权呆住了！像久困沙漠的旅人发现了绿洲，像久旱的大地遭遇甘霖。过了好一会儿，他忽然哈哈大笑了起来。笑着笑着，他的嗓子哽咽了，不断抽搐的嘴角也开始慢慢合拢。最后，他闭上了嘴巴，开始不动声色地微笑。

现在轮到鲁肃惊奇地睁大了眼睛，他的目光困惑又不乏担忧。他完全被孙权的样子吓着了。这是种什么样的表情啊？似乎整个人充满欢乐的同时，又在不自觉地克制着这种欢乐。似乎明明是被某种东西陶醉了，却又竭力地想从这种陶醉中清醒过来。他看上去是那样幸福，幸福得让他不自觉地想将这幸福隐藏起来，不让任何人发现！

“主公，您这是怎么了？”鲁肃打破了这种幸福，骇然问道。

浑浊的老泪从孙权的眼中汩汩流出，他的声音颤抖着，语调几乎低得听不见。“子敬呵，战机啊！是战机！战机到了！”

短短半天之后，就有东吴商人，在城中大道上看见一人一骑，手擎王旗，如风般疾驰。那骑士是个身着士卒服的羸弱少年，他长着吴人常见的宽脑门、圆脸壳，边扯着沙哑的嗓门，边用一双乌溜溜的眼睛四处扫视。哪怕是最忙碌、最心不在焉的路人，也能听见他沿途高喝的声音：“主公有令，凡十六岁以上，四十岁以下男性，全部前往营中待命，听候遣用！”

“要打仗了？和谁打？这是要和谁打仗？”

“还是和北方的曹操老贼吗？那老家伙怎么还不死？”

“听说不是，是刘皇叔的二弟关羽，那是红脸黑胡子的关云长！他刘皇叔借了咱们荆州一借十多年，如今霸占着不肯还，咱们主公忍不住啦！”

“关云长？那能打得过吗？听说他的赤兔马会飞，青龙偃月刀削铁如泥、举世无双！”

几个商人眼睛目送那越走越远的羸弱少年，耳朵里听着路人纷繁不绝的议论，脸上纷纷露出了惊诧的神色。不过很快，他们的惊诧慢慢变成了沉思，他们在悉心地思索，这荆州城能不能拿下。如果能，他们如何把握住这场仗带来的商机，如不能，他们是不是该举家迁徙，到西边或者北边去。没办法，乱离人不如太平狗啊！

不一会，那士卒胯下骏骑“嘚嘚”的脚步声地响到了江边。江南的春水碧得正稠，远远望去，好像一片发蓝的田野。那江边不仅有成片的芦苇、数不清的野鸭，还有一处人口密集的船厂。众多工匠正在聚精会神、挥汗如雨地打造几艘渔船。在东吴这样的江南腹地，很多农民以打鱼为生，渔船多如牛毛，船厂也随处可见。

那少年士卒挥动着那面王旗，飞快地驰到江边，对着那些工匠大声喝道：“主公有令，东吴各郡所有工匠，全部到葫芦湾待命，听候遣用！”

工匠们闻言大吃一惊，征战，在他们听来只是父辈们口耳相传的传说。东吴的上一次大战，还是十多年前，那时候，他们之中的年轻人，有的正蹒跚学步，有的才刚刚出生。而对于那些年老的工匠而言，赤壁大战留给他们的印象，是诸葛孔明草船借箭、火烧赤壁之类让人目眩的传奇。诸葛孔明的用兵之速、建工之巧，直让东吴的能工巧匠们大为叹服。那这次，听说是和关羽打仗，而诸葛孔明正是关羽的军师。

然而，唯一能表现出工匠们吃惊的，只是他们手上铁锤、铁毡和量尺的略一停顿，他们没有谈天，更没有议论，他们没有工夫抬起头来，目送那宣读命令的士卒少年。他们甚至连额头惊骇和紧张的细汗也来不及拭去，便又将脑袋深深地埋了下去。毕竟，专注于自己手中的木头、青铜和铁器，才是他们唯一应能做的。

最后得到消息的，是将被这场战争拿去一切的农夫。

那士卒终于来到了广袤的扬满灰尘的田间小道。一小块一小块暗绿的农田，紧挨着一座座低矮陈旧的农舍，像一幅拼接的绿锦上点缀着一个个灰黄的斑点。在人口密集的江南，精明的农人们不得不精打细算，将田地当作了绣布，年复一年的精耕细作，与其说他们是在种地，不如说是在绣花。事实上，也幸亏如此，在那么多不那么风调雨顺的节气之后，江南也还能以物产之丰、人埠之盛闻名天下。

终于，那手执王旗的少年士卒，从农田尽头的官道驰来了。或者是考虑到农夫们缓慢的生活节奏，又或者是让他们都听得更清楚些，他先是大声宣告了两遍征夫的王令："主公有令，凡十六岁以上，四十岁以下男性，全部前往营中待命，听候遣用！"在农人们睁大了熟睡似的眼睛，惊诧又惶恐地抬起头，竭力想听懂这对他们意味着什么时，那少年士卒又接着宣读第二条："主公有令，各家各户，凡十斤以上铜器，全部借于主公，日后加倍偿还！"在听完这一条之后，农人们垂下了眼帘，完全沉默了。这将意味着几乎所有的金属农具都要上交，即便他们逃走，不服兵役，也是彻底于事无补了。也就是说，摆在他们的面前的，只剩下一条路，就是带着自己所有的家当，去打仗了！

像往常遭遇一切事情一样，农夫们如天空般无言，像大地般沉默。在一望无际的寂静田野，唯一发出声音，做出抗议的，只有农夫们手中铁犁那端正在耕地的水牛。它们好像听懂了王令似的，不自觉地昂首挺胸，替他们的主人仰天悲号！

不足三天的工夫，整个东吴从上到下、从将士到平民已完全进入了战备状态，各行各业的人们都知道并默认了，他们的主公孙权即将举全国之力夺回荆州。这不仅是因为荆州本来就是他们东吴的城池，还因为荆州是一座战略要塞，国家要安邦，百姓要兴业，而荆州就像一枚尖利的铁钉，凶残地钉在了东吴的版图上。荆州一天不回到东吴的怀抱，就总有一天会将大家安居乐业的梦想戳成一摊血肉。当然，这是官府宣告的结果，同时也是百姓们自己思考之后得出的结论。在战争的年代史上，军民的意见如此和谐一致的时候并不常见。正如鲁肃对主公孙权所言，“在人心方面，主公完全不必担心，我东吴是诗书代传、礼乐繁盛之邦，正所谓天下兴亡匹夫有责，得道者多助，失道者寡助，我东吴子民，没有一个会不晓这国家大义。”果然，不出三天，种田的、打鱼的、打铁的，虽然不能说是主动应征，但是，总的来说没有传来反对的声音，更没有百姓千方百计逃脱职责。兵书上说，得民心者得天下，如果兵书是对的，荆州虽然还在关羽手中，但孙权却仿佛已经看见，它的城头插上了东吴的大旗。

唯一让孙权悬心的，还是战役本身。按说，周瑜已有取荆之策，孙权理应放心才是，然而，荆州之固，不仅在城关，在固守城关之人，还在于三足鼎立、稍有不慎便全盘失衡的天下之势。总而言之，这场战役注定了是一场苦役、险役和前所未有的恶役！

也正因为此，整个东吴将士，几乎将他们所有的智慧都用在了武器和战术的准备上。从在编钟上刻下那两行字开始，被削职的大都督周瑜，就几乎再也没有在夜里合过眼，即便在指挥和思考的间隙，他的大脑都无时无刻不在紧张地计算和推断。从二十一岁担任江东大都督统帅三军，他还从来没有这样如临大敌过，他是那样紧张，那样激动，以至于如同第一次上战场。不，对他来说，是比第一次上战场还要紧张。为了这一场战役，他不仅用尽了生平所学，而且竭尽了所有能量。他的精力从来没有这样充沛过。就像小乔所说的，他虽然看着她、抱着她、爱着她，可心里却始终只有一个荆州。他活在这场战役之中，这场让东吴生死悬于一线的战役，在迅速地消耗他这个人。

与此同时，谁也不知道，在人迹罕至的吴山深处，新添了数个五颜六色姿态迥异的巨大溶洞。那溶洞看上去是大自然的造物，然而仔细看去，却能在洞口的顶端、内侧和伸入部分发现新近开凿的痕迹。那洞口如同一只凶猛威武的怪兽，在恐吓着偶尔发现它的人。最让人奇怪的是那洞口镶嵌着两扇青铜铸造的城门，那城门无论何时都像两只青眼默默紧闭着。

然而这一天，这青眼却突然睁开了，那城门被两个看守的甲士轰隆隆地推开了。没有人想到，会有更多的甲士从溶洞里出来，而且，他们还推出了耗费他们几天几夜心血的一件庞然大物——一辆巨大的、既似战车又似云梯的怪物。

不多时，那怪物被他们推到了山涧的一处空地。日光从山峰与山峰的间隙里照射进来，只见那怪物浑身披满粗细不一的绳索，身体的不同部位还堆满了形态不一的铜制皱褶，这让那怪物看上去像个浑身毛发，又长满肚皮的巨毛水怪。不等日光将这些奇怪的装饰一一照亮，众甲士已经各就各位，在指挥校尉的喝令下，合力拽动起那怪物身上的毛发——长短不一的绳索。顿时，那怪物似乎极不舒服似的，发出嘎嘎嘎的声音，不一会，竟如同巨人般直立了起来。那些原先让人摸不着头脑的铜制皱褶，一截截对接、升高、壮大……最后成为一尊形态各异的多层作战平台，一眼望去，竟比荆州的城关还要高出许多！

巧妙的新式武器还不止于此，就在这山涧一旁的群山深处，绵延数里的大山谷下面也另有乾坤。一眼望去，那山谷和别的山谷并没有什么不同，绿油油的青草在用看不见的速度疯长，叫不出名字的野鸟在草地上欢快地啄食，野兔、狐狸、羚羊之类的食草动物在山谷间纵情奔跑……一切都是这样平常，以至于第一次来到这里的人，会觉得再也找不到比这更像山谷的山谷了。谁也不会料到，在这山谷两侧的山峰之间，正拴着数根胳膊粗细的绳索。为了达到隐身的效果，那绳索是暗绿色的，和山峰上生长的松柏、野草、荆棘浑然一色。而秘密，就恰恰隐藏在这两根不起眼的绳索之间。

周瑜第一次去视察的时候，主管这项新式武器的将军正准备第一次武器校验。那是一个风和日丽的春日下午，整个山谷回荡着草木的清香，到处都是鸟兽们欢跳奔跑的身影。与之形成对照的，是两侧山峰屏息般的寂静。经过连夜奋战，疲倦的士兵们在做好最后的准备之后，几乎要在自己的岗位上睡着，还有那些来回奔忙、到处指挥的校尉，因为背负着极大的精神压力，他们不苟言笑，一张张严肃的瘦脸冷峻得如同手中的刀剑。

毫无疑义，四面环风、视野极佳的将军亭设在最高的一座山峰上。除了四根红柱，那亭间还设了一樽祭台，那主管将军正背对周瑜，在祭台上仔细地点上了三炷高香。眼看那高香燃着之后，他又虔诚地弯下腰去准备祭拜。按照东吴的传统，这是祭祀战神，祭问苍天，更是启示三军战役即将开始，所有人等，即将为之做好一切准备。

然而，在他弯腰祭拜之时，那刚刚烧至半截的三炷高香，突然“噼啪”一声骤然爆裂！

那将军一愣，随即心领神会般抓起一杆大旗，冲出亭阁，朝两侧山峰的将士们挥旗大喝：“天公降意，启！……”

两边山峰的将士们见状，立即启动手中的装置，同声大喝：“启！”

一瞬间，山峰上所有的将士都奋力卷起那巨大的绞盘，那些胳膊粗的绳索被拉直了，绷紧了，一圈圈卷入绞盘。

渐渐地，一整片山谷由北向南、由下而上席卷开来，一整片草地犹如一幅大自然织就的壮锦，慢慢脱开了山谷的轮廓。青草们难以置信地朝天空翻卷过去，鸟儿惊慌飞起，野兔和黄羊惊骇地东奔西突……原来肉眼看见的一切，不过是覆盖在山谷上的一张巨大的、生机勃勃的大草垫！

而那草垫下面真正的大山谷，则安放着无数战车、刺胄、巨网、撞弹、抛射器……各种从未见过的攻城利器，如同林林总总的兵器展览，裸露在蓝天与大地之间。这是一座前所未有的隐秘兵器库，是一片无边无际的兵器海洋！

不会有人想到，这静谧的充满生机的大山谷，竟是这样一个天然的武器库。这不是山谷，而是整个江东在失去荆州之后，苦心掩藏了多年的杀机，是他们压抑在心里，始终无法释怀的征服之欲！

第　六　章

东吴发兵

谁也不知道，郡主青萍为什么心情不好。近一个月来，侍女们被她换了一个遍，乳娘被她赶出寝宫，就连父亲孙权几次传唤击奏编钟，也被她找借口拒绝了。她是父亲最小的女儿，也是最受宠爱的女儿，不知从什么时候起，任性的禾苗在她的个性中越长越粗，最后，长成了一株无法隐藏的大树。怀揣这株大树，她在这深宫之中越发坐立难安起来。

这天清早，她早早地让侍女们梳洗了，到父亲处请安，却被太监们告知，父亲已在军机处连续三天伏案未眠，今天的请安可免。她早知道东吴要发兵荆州，可是她对此不感兴趣。事实上，她几乎对父亲所做的一切都不感兴趣。虽然她爱父亲，也爱父亲带给她的这个身份——东吴郡主。这意味着她可以锦衣玉食、观花赏月，无止境地沉浸在诗书礼乐之中。然而，这也同时注定了，除了这些她什么也不能做。都说虎父无犬女，身为孙权的女儿，她精力充沛、个性倔强，却两手空空、无事可做。这不公平，也太无聊，她心里这样念叨着，两条腿便不自觉地往外走。不一会儿的工夫，她发现自己已经站在了宫门之外。到哪儿去呢？她却又踌躇起来。东吴的山山水水早已被她的脚丫踏了一个遍，街上的繁华市井，在她的眼中，也不过就是几样廉价贫乏的货色。她两只眼睛只顾对着那宫外的大道使劲地瞧，指望能看到一两样新奇的玩意儿。不想一辆辎重马车忽然飞快朝她驶来，要不是那驾车人眼疾手快，差点将她撞翻在地。

“郡主……”

一个已经不再年轻的老校尉吓得脸色发白，赶紧勒住缰绳，从车上跳下，对着一身宫装的青萍垂手而立。

青萍不理他，她的目光被那篷布遮掩着车厢吸引住了。那上面不仅有刀枪、箭矢、匕首，还有酒坛、烧鸡、熏肉、羊腿……

“你们这是去哪？”她问，然后却不等人家回答，又转身对身旁的侍女道，“给我备车！”

就这样，当那队运送给养的马车跨过护城河，穿过吴山内腹，跋山涉水一路颠簸来到几百公里之外的鬼城时，任性郡主青萍的那辆宫车也跟着到了。

她第一眼见到的，正是她好一阵子没见到的吕蒙。准确说，她没见到他的日子，已经有整整八个月零七天。她记得很清楚，从他去年和大都督周瑜去了一趟荆州之后，她就再也没见过他了。

当时的吕蒙，正在和城门口的骷髅少年商量食物分配事宜。那少年和吕蒙混熟了，说话也就随意得很，他要求每进去十条羊腿，就要给看门的三兄弟，也就是老鬼、大毛和他自己各留下一条，每进去美酒十坛，就要给他们留下一坛。吕蒙觉得他的口开得有点儿大，想教训他。他见吕蒙有点生气，便假装好心提醒，说天快黑了，他们兄弟三饿着肚子，不知道会不会半夜爬起来，吓着那运给养的马，听说吴阿的马和吴阿的人一样胆小怕事……

青萍就是那个时候下了宫车，走到吕蒙面前的。她一言不发，不等吕蒙从震惊中回过神来，便轻轻抽出他剑鞘里的长剑，朝那骷髅少年的下颌伸了过去，凛声道："你说谁胆小怕事？"

吕蒙眼中的惊骇加深了，他暗中捏住了腰间的匕首，准备稍有不慎，就向那戴着骷髅的少年的腹部刺将进去。虽然这些天来，他是这些人中唯一和他说话最多的那个。

幸好那狡黠的少年还不乏机警，他眼望青萍，只稍稍一愣便回过神来，嘻嘻笑道："我自然是我说自己啊，我早听说了，吴阿人都像姐姐你一样，又漂亮又胆大，不然，你怎么会第一次看见我一点都不害怕呢！"说着，他又嬉皮笑脸地凑上来，拉吕蒙的袖子，意思是要他替自己求情。

吕蒙好气又好笑，忙一把捏住那剑锋，转头对青萍道："郡主息怒，您第一次来，还不了解他们……他们要求简单，作战勇敢，是不可多得的勇士……"

青萍不说话，只嘟着嘴巴，转过头来深深地看着他，吕蒙觉得，她的嘴唇像清晨的花瓣一样新鲜，她的眼睛像天边的星星一样明亮。看得出来，她和往常一样高兴，他也就暗中叹了一口气，放下心来。

事实上，他不知道，就连青萍自己也不知道，只有见到他，和他在一起，她才有那么一丝发自心底的快乐！

浓浓的夜，渐渐静了下来。没有星星，只有一轮明月，像丽人颈上的一粒珍珠，散发出朦胧的、让人迷醉的光芒。

入夜的鬼城更加阒寂了。那些半人半鬼的家伙，全是些纵欲之徒，为了让他们第二天的训练更加投入，也为了犒劳他们当日的拼命厮杀，吕蒙从来不在夜晚打扰他们。他任由他们饮酒、吃肉、赌钱、斗殴……甚至，连那骷髅少年收了他们的银钱之后，到处替他们物色来各式各样妖艳妩媚的女人，也故意视而不见。因此，每当月圆之夜，鬼城的草丛、营棚，甚至狭窄的小路边，都会抛置出各种各样的酒具、肉骨，空气中弥漫着一股浓烈又不乏刺激的腥味，从各个隐秘又黑暗的角落，传来各式各样热烈的欢爱的声音，让人听了面红心跳，慌不择路……

和已经在这里度过的夜晚一样，吕蒙蹲在大殿的一角，安安静静地，就着一缸清水磨刀。那月亮映在清水里，和刀刃一样明亮，有好一阵，他分不清哪个是刀，哪个是月。不过他照旧低着头，一声不吭，固执地重复着磨来磨去的动作。他每磨亮一柄小刀，便头也不抬，顺手往身后一掷。虽然他没有看向那飞刀的掷向，那每一柄飞刀却都毫无偏差地扎在了头顶的殿梁！不到半个时辰，那根殿梁的梁柱上，已蜂窝般扎满密密麻麻的飞刀，可吕蒙却好似没有看见，他仍旧低着头，磨啊磨。

而尾随而来的青萍郡主呢，她既没磨刀也未练剑，她什么也不干，只舒舒服服地躺在吕蒙身旁一个阔大的战盾里。那战盾既像一轮弦月，也像一只贝壳，她既像躺在月亮上，又像躺在贝壳里。不过，她自己好像不明白这一点，她微仰着头，痴痴地望着天上的那轮月亮。一会儿咯咯直笑，一会儿又看向吕蒙道："我爹就这么坏！他一边让你们送死，一边又要留下你们的子孙，好让江东人丁兴旺！咯咯咯。"说毕，她还不放过吕蒙，目光紧紧地盯着他那张严峻的黑脸，指望自己的话能引起他的主意，甚至引得他发笑。

可惜和往常一样，吕蒙并没有给她一句两句的附和或者反对，他仍旧面无表情，半晌，只讷讷地回应道："郡主，还是请回吴阿去吧。这儿，冷。"

青萍有些扫兴，却又有些快乐。连她自己也不知道，这快乐是从哪儿来的，是因为吕蒙是个猛将吗？可在她爹那里，这样的猛将还有很多。也许，让她快乐的，是他在自己面前的那种木讷和无力吧！这让她快活地感到，自己比他还有力量。

"冷？冷好啊！我不怕冷！和宫里的暖比起来，我更喜欢这里的冷，至少，这里能让我感觉到，而在那里，我什么都感觉不到！"她白他一眼，语气有点不高兴。

吕蒙感觉到了，愣愣地看着她，一下子不知道该说什么。显然，此刻她所说的，他不想懂，也不能懂。

"这么跟你说吧，我宁愿冻死在这里，也不愿意再回到吴宫！"青萍笑吟吟地对着他道。她不知道，这样一来，就更让吕蒙为难了，他直愣愣地看着她，心里有点模糊的纳闷，她这么快乐，这么无忧无虑，怎么会说出这样的话？她又希望自己如何回答她呢？"怎么跟你说呢！"青萍显然也察觉到了这一点，她停顿下来，用一只手支住圆月般美丽的脸庞，眼里的星光忽然黯淡了下去。"你知道吗？过不了多久，我爹一定会把我配给曹操公子、要么就是曹操孙子。反正都一样！爹没要来关羽女儿，就只能把自己的女儿送给曹操。”

她这样一说，吕蒙终于有点明白了。不过，明白了之后，他突然就觉得不安起来。

“郡主，回宫吧！”他哑着嗓子再次劝道，不知道是不是离人烟太远的缘故，他总觉得，来到鬼城之后，自己莫名地变得有些脆弱。

“不！鬼城的月亮比宫里的好。鬼城的人……也比宫里的可爱……至少，他们真实！”

青萍边说，边冻得打了个哆嗦，不过她的确没有丝毫离开的意思，她反而勇敢地往战盾里缩了缩，以表示自己没有说谎。

吕蒙想说什么，终于还是没有说，他的头垂得更低了。在越来越静的夜里，那霍霍的磨刀声，似乎也有了一丝寂静的况味。慢慢地，青萍在这样的声音里，竟然得到了一种单调的满足，她闭上眼睛，渐渐睡着了。

不知道过了多久，吕蒙终于停止了磨刀，起身蹑脚走到青萍的身边。奇怪的是，她醒着的时候焦躁任性，睡着了，脸上反而露出了一片宁静安详。吕蒙紧紧地盯着她的脸，竭力地控制着自己。他从来不是个粗心之人，在她流转的美目里，在她的一颦一笑间，他早已谙晓了她的心事，而他又何尝不为她娇憨、为她的热情所感染？他控制着自己，不让自己低下头来吻她，吻她的发丝，吻她的脸颊，吻她那看上去柔弱其实结实有力的小圆胳膊……他控制着自己的双臂，让它们不要伸出去，不要去碰触她，搂抱她，他控制着自己的两只手……终于，他没有碰触她，而是伸出双臂托起那个巨大的战盾。

他托起了战盾，其实就是托起了她。因为她就睡在那战盾里，像一只小鸟偎缩在蛋壳里，像一只贝偎在贝壳里。吕蒙托着她，不，是托着战盾里的她，走近了后殿的正中央。他将她放在那里，就是他第一次来到时，吹响那支铜箫众人朝他膜拜的那个王座上。

这时，从不远处的旷野传来了男人们粗野的欢叫声，女人们忘情的疯笑声。吕蒙怔怔地听着，想着青萍说得没错，这里虽然可怖，却是一个让人快乐、让人留恋的地方，因为它有着可贵的真实。

整个后殿是那样静，静得吕蒙几乎能听见青萍的呼吸声。事实上，他根本不敢听她，他唯一能听见的，只有自己的心跳。他在那里呆怔了片刻之后，便从后殿的正门走出，回到大殿的一角，再次坐在溢满清水的大缸前，沉下身去，开始磨刀。

而他身后殿堂的横梁、大柱，分明已经扎满了利刃和飞刀！

在攻打荆州的决定已下，全国上下忙于备战之时，整个东吴到处都是和青萍郡主一样心情不好的女人。无疑，周瑜的妻子小乔，注定也是其中的一个。不过，和青萍不一样的是，她不能像她那样任性地发脾气，而是只能自我排解，将愁绪寄于歌乐舞蹈，尤其是心爱的编钟击奏之中。

自那晚两人偎依着演奏梦中得来的新曲之后，周郎便从这个家里消失了。问过几次侍卫之后，小乔索性不问、不想，甚至在早晚偶尔见到他之后，故意不看他那双内疚闪避的眼睛。

她每天独自一人，留在家里敲击那座主公赐予的编钟。除了各种既成古曲之外，她还自己编奏了好几首新曲，不过，不包括那曲梦中得来的悲音。那首曲子她不忍听、不忍想，甚至不愿回忆。她常常想，深爱又如何，周郎又如何？很多时候都还不如这编钟。至少它能给自己快乐，给自己安慰，它才是自己的孩子，是离自己最近的亲人。

这晚，周郎照旧没有回家，也没有捎回消息。小乔在大堂独坐半日，起身走到那编钟跟前。她默默地凝视着它，回想那天主公如何将它赐给自己，自己又是如何和周郎一起击奏……想着想着，不禁取下肩上的丝巾，轻轻地在那甬钟的钟身上揩抹起来。她一边揩抹，还一边抚摸钟上的铭文，不时地轻叩一下。她做这些的时候，脸上不自觉地微笑着，神情像一个母亲在侍候自己的婴儿。

然而，没过多久，一片无声无息的阴影突然从前方遮住了她。她纳闷地抬起头，只见十数位面孔陌生的甲士不知何时来到了堂前，他们肃立着，眼睛一动不动凝视着自己的前方。

“怎么？”小乔嗔道，声音不大，却足够威严。

那为首的校尉先是向小乔微微一揖，然后才开口道：“禀夫人，主公有令，十斤以上铜器全部收缴。”

小乔微微一怔，一缕失落的痛楚从她的眼中一闪。不过，像往常一样，她没有让它扩散。她甚至没有让它爬上自己秀丽的眉尖，而是勉强一笑，淡淡道：“抬走吧。轻点儿，别弄疼了它们。”

“遵命！”

那校尉答应一声，便指挥甲士们上前摘取编钟，那一只只状若花朵的编钟被小心翼翼地采摘下来，安放好，然后抬了出去。

小乔呆呆地望着，她眼中痛楚的阴影突然越来越大，越来越深，突然，她追出去，叫住那校尉，盯着他那惶恐的眼睛，痴痴地叮咛道：“化铜的时候，要小心一点，它们跟我久了……通人性，会痛……”

那校尉也被她的柔情打动了，沙哑地应了一声：“哎。”

编钟、甲士和校尉消失了，刚刚还流光溢彩的大堂，瞬间只剩下伫立着的空荡荡的编钟木架。小乔凝立片刻，慢慢在那木架前的锦垫上跪下，呆呆地望着那曾经悬挂着编钟的虚空，目光沉沉地黯淡了下去。

那编钟就要化为乌有了，可这承载它们的钟架什么时候才会消失？它看上去是那样坚实，它挺立的姿势是那样笔直，那样优美，尽管它的横梁上还留有一道道钟耳勒出的深痕。

小乔的意识逐渐朦胧起来，她微微闭上了眼睛，下意识地执槌朝木架上的虚空蓦地一敲。那原先悬挂揭钟的半空，竟然发出了一声钟乐的轰鸣，那声音那样美妙，那样如梦如幻……

小乔陶醉地笑了。她的眼睛没有睁开，双手却继续击打着虚空。果然，那虚空发出一阵阵清朗的钟鸣，而且，它奏出的，就是小乔一直不愿再奏的那首寓言之音。她在一瞬间产生了错觉，仿佛她的周郎还坐在身后，仿佛那编钟还没有消失，而是一直悬挂在她面前，任由她随心所欲，击奏出任何想要的美妙音符。

小乔站起身，好像被一只看不见的手推动着，沿着那钟架翩翩舞动起来，与此同时，她手中的钟槌也在想象出来的编钟上优美地掠过……于是，那原先悬挂编钟的虚空，统统发出了悠远的钟声！她发了疯似的不知疲倦地来回击奏着，那钟声也真如她的一堆孩子似的，发出高低不一的袅袅之音，既像是彼此间的呼唤，又像是对她爱抚的回应。这钟声一直持续到深夜，小乔累极、倦极，才终于停手站起身来，翩然离去。

直到她的背影在门口消失，那钟韵仍在空气中无声地颤动着。

两天之后的一天早晨，一身铠甲的周瑜出人意料地出现在吴宫大殿。其时，孙权腰悬王剑，正一脸威严地伫立在玉阶之下。 在他俩的面前，众武将按等级依次排立，甲士们手执刀枪，如一根根铁柱伫立在四周。在离他们不足百米的地方，飘扬着各位将军的大纛。

“听令，即日起，周瑜复职，终身为江东大都督。并率我军全部精锐，攻取荆州！”

孙权洪亮的声音响彻全军，几乎在天边的云层荡起阵阵回音。

“领命！”周瑜向孙权拜揖。

“领命！”众将士大喝。

周瑜从孙权处直起身，走到众将士面前，厉声道：“五日之内，必须攻取荆州。此战为孙刘殊死相争，曹军坐观成败。攻荆一开始，襄阳曹仁便会得报。他遣人向许昌曹操请命，往返需两日。再发兵至荆州，哪怕是昼夜兼行也需四日。只要荆州落入我掌，曹仁战机便失，只能无功而返。听命，五日之内，必须攻下荆州！”

远处的军阵如海涛般呼应着：“领命！领命！……”

然而，像一道利剑刺破了庄严，又像一道闪电穿越了暗夜，那呼应声中突然迸出了一声女人的喊叫：“放下它们！畜生！我要杀了你们，放下编钟！放下！……”

所有将士都惊诧地转过头，寻找那声音的源头。不远处的侧宫门内正抬出一只编钟，数个壮士抬着钟架前行，郡主青萍却死死地吊在那钟架上，双手紧抱一只乳钟，死不撒手，还发出一声声激动的狂叫："放下它们！它们是我的！我要杀了你们！畜生，畜生！给我放下！……"

无人敢作声，只有孙权，不自觉地往宫门的方向走了两步，愠声道："怎么？"

还是那个已经不再年轻的校尉，走上前来作揖道："禀主公，郡主抗拒主公令，不肯交出编钟。"

孙权的眉头皱了起来，目光中露出点点沉吟。众将士屏息注目，郡主青萍扔抓住钟架不放，嘴里发出声声叫骂……

孙权移动着步子，走到那钟架跟前，用威严又不失温柔的目光注视着青萍，动情地道："丫头，撒手吧！父亲以后会还你一套更壮丽的编钟。"

"不！不！……"青萍却狂叫着，和刚刚相比，声音里的怒气一点儿也没有减少。

孙权脸色微微一变，不过，他仍然用平静的语气道："女儿！撒手，立刻撒手！"

可青萍竟然冲着孙权怒吼起来："滚开！你滚开！叫他们统统滚开，把编钟给我放回去！"

孙权的脸色一下子全白了，他暴喝一声："撒手！"

"不！"青萍的脸色却比他还白，她的头发散乱了，鞋子掉了一只，连衣襟也有了不该有的皱褶。

"放手！"孙权重复道，他几乎从未重复过自己的话，今天是第一次。

可惜，他的女儿青萍却不能明白他的苦心，她只当作没听见，依旧我行我素。

“嚯——”

众将士只见一道剑光“倏”地一闪，一柄长剑已经豁然出鞘，出现在孙权的手中！接着，不等任何人阻拦，那剑锋迅猛一挥，就像劈掉一片树叶、一朵鲜花，或者一滴露珠，青萍那双白莲似的纤手，随即凋零落地。众人只她惨叫一声，从钟架跌落在地，昏迷了过去。

那编钟被抬走了，顷刻之后，青萍也被抬走了，只有那两只白皙的断手，还孤零零地躺在地上，像两只已经死去的了无声息的白鸽。

孙权没有看青萍，更没有看那断手，他抬起长剑，指向众将，用巨石般平静冰冷的声音道：“执吾女双手传示三军。告诉所有将士，如果不能攻取荆州，江东失去的不光是手臂，是你们父母的性命！是我们的家国田园！”

“遵命！”众将暴喝，那声势如阵阵闷雷响彻云霄。

半个时辰之后，从郡主青萍一双断手下被运走的大傅钟，被送进了兵部的一家匠房。经过一番辗转，被安放在一方圆形的铁砧之上。没有哀号，更没有叹息，只有一声粗鲁的号令——“啲——”，接着便有一枚巨大的铜锤如一块礤石从半空落下。那大傅钟发出一声惊天动地的轰鸣，“嗡——”，然而，它却没有碎，而是仿佛抗议似的在原地做了一个滚动！执锤的壮士们不约而同目瞪口呆地望着它。

许久之后，那巨大的铜锤才又再次落下，一下又一下地砸向那……

终于，那大傅钟痛叫一声，“轰——”，似乎是他最薄弱的部位——耳朵，最先开了裂，接着，那裂缝越来越大，越来越宽，最终，它的鼻子、嘴巴、眼睛和身体全部裂成若干个碎块。

随后，那执锤的壮士们又挥动着胳膊，相继砸向了一只只剩余的编钟——那大大小小的琥钟、嬴司钟、揭钟，它们在最后的时刻，都发出了凄厉的、让人心碎的音律。那音律那样尖锐，那样反常，几乎让所有听到的人忍不住流下热泪。

截至此时，江东所有的黄钟大吕，全部敲断碎裂。那些疼痛的铜汁，那些新鲜的断面，在刺目的日光下迸射出猛烈的金光，像一只只古老的眼睛在闪动……

大约又过了半个时辰，连断面也消失了，古老的眼睛不再闪动，所有那些前生是黄钟大吕的碎片，被铁铲一锹锹送往炉膛。不一会，那碎片开始融化，那炽热的炉膛内漾动起紫红色的铜汁。然而，令人惊骇的是，那铜汁上面竟隐约飘浮着几行古篆，那镌刻着寓言的残片和一团团栩栩如生的兽纹，在炉膛里悠悠地转着圈。许久之后，它们才开始恋恋不舍地融化。

终于，那紫红色的铜汁从炉膛里流淌出来，被灌入一个个冰冷的模具。那模具又被逐个捡起，放入寒冷彻骨的冰室。几个时辰之后，一轮轮大锤“嘎”地砸开了磨具——一支支五尺来长、闪闪发光的铜质长枪豁然出现。

最后，由那编钟化身而成的无数支长枪，被一一装载上车，驰出匠房，驶向大校场。

在那里，耸立着一架架从溶洞拉出的多层攻城战台，此刻，它们身上的活动层台已被悉数扩展开来，像是一座座参差不齐的楼宇。很快，那些铜质长枪被挨个儿传到战台上，安装进一支支巨大的弓弩里。原来，这些长枪都是大号的箭矢，它们将要用来射穿整个荆州城关！

和周瑜几个月前拜寿相比，荆州城看上去几乎没有什么变化。宽阔起伏的城道、闪闪发亮的刀枪甲胄，还有那占据制高点的将军阁。唯一有点不同的，只能是士气和氛围，虽然有十二万兵被调去西川，可这里的治军却明显比原先还要肃谨。没有一个人开小差，没有一把刀枪闲置，甚至没有一块城砖挪离该在的位置。

一连几天，上将军关羽都留在将军阁中，要么低头踱步，一圈圈释放出自己的思虑，要么和儿子关平或几个偏将对弈，在沉思中度过一个又一个时辰。今天也不例外，从早上开始，他就让关平在自己的对面坐下，说要练练脑子，好好杀上几盘。关平莫名地有些紧张，因为关羽有个习惯，一旦思虑过甚，夜不成眠，就会要求“杀上几盘换换脑子”。他不知道父亲近来为何事焦虑，可碍于父亲的威严，又不敢开口询问，只能闷着头陪坐，一盘接一盘地“杀将”下去。不过，今天的父亲有些奇怪，竟然一连三盘都输给了棋艺平平的自己。为此，他忍不住一次次抬起头来，偷眼观察父亲，只见他眉头微蹙，双目发赤，就连额前原先并不明显的细纹，也如一条条水中的蚯蚓游荡开来。而且，最让关平纳闷的是，今天自己这样频频分心，心细如发的父亲竟然没有发现。他完全沉浸在并不难解的棋盘当中，甚至每走一步，都要对着面前的棋枰思索半天，这完全不符合他果敢坚毅的个性特征。

不过，随着关羽蹙眉次数的增多，桌上的棋局愈趋紧张，关平悬着的一颗心反而慢慢放松了下来。显然，在经过艰苦的思索之后，父亲渐渐找到了自己的状态。他那原本处于被剿之势的棋势渐渐活泛，他挪动棋子的动作也越来越快。终于，盘面上的黑白棋子成团地绞杀在一起。

然而，就在关平大舒一口气，准备发起新的进攻时，那棋盘最边缘的一颗黑棋却微微颤动了一下。关平以为是父亲的袖口不小心碰着了，刚刚准备将其复位，忽然，棋盘上所有的棋子都微微地颤动了起来，而且那颤动越来越持久，越来越厉害。关平发了好一会儿怔，才发现是脚下的地面在发颤。他忙站起来，瞧向父亲，这时他才发现，父亲已经离开了座椅，站到了面向长江的亭翼一边。顺着父亲的目光，他看见天边滚来一团团石碾般的乌云，随之而来的，似乎还有无数颗硕大无比的隐隐惊雷。

关平跟着父亲，快速步出将军阁，走到一旁的城垛旁。父子两肩并着肩，双眼一眨不眨地凝视天边。

那是什么样的乌云啊，它们比奔腾的瀑布汹涌，比行走的巨兽威严，它们像山川，像河流，像从天而降的天兵天将，在关羽父子和荆州的所有守城将士认清它们的真实面目之前，它们已经步步接近，以越来越高、越来越壮阔、越来越密集、越来越汹涌澎湃的姿态，来到了他们的面前！

荆州城关的上上下下、里里外外，所有的将士都如同中了魔咒一般，死死地盯住了那片史无前例的吴军战阵，没有一个人惊叫，没有一个人低语，甚至没有一个人发出一点微弱的声音。

他们被惊呆了，他们被吓傻了，或者说，他们由于训练有素，知道在这样的时刻，不该也不能发出任何声音。

整个荆州城，陷入死一般寂静……

第　七　章

攻城末技

对于江东大都督周瑜来说，再也没有哪个时刻是比现在更快意的了。从领兵的第一天，为江东出生入死，攻取一座座无比重要的城池，到十二年前与诸葛孔明联手，打败曹操的赤壁大捷，他都没有过这样的快意。天下人皆知，他少年成名，攻城掠地，于他如碗中捉菱的孩童之戏，他从未将天下良将看在眼里。世人都说他嫉妒诸葛孔明，可在他自己看来，两人不过旗鼓相当而已。赤壁一战，刘备占据荆州，并一借十六年，十六年来，他没有一天不想着夺回荆州，和关羽、孔明兵戎相见，他没有丝毫胆怯，而是一直跃跃欲试。作为江东大都督，他恼怒，他愤恨，甚至暗怪主公没有将荆州放在它应该在的战略位置。尤其是近年来，眼见刘备采用诸葛孔明的计策之后，西蜀的版图越来越大，兵力越来越强，他越发如坐针毡、寝食难安。可是无论他向主公如何暗示、如何谏言，主公始终忌惮曹操与刘备联手，对江东造成更大的遏制之势，反而劝他不要动荆州的念头。直到关羽生辰，他私自前往拜寿，将攻打荆州的意图向关羽宣告，这才将主公心里的荆州城门推开了一条缝。至此，他多年来在将士们中间宣扬的“用十万头颅换回荆州”“为荆州流尽最后一滴血”的心愿才终于得以实现。

正因这快意，当他亲自构想的兵器从大山谷向荆州城移来时，他没有掩藏其中；当他亲手设计的多层攻城平台出动时，他也没有坐上那最高点。和若干次带兵亲征一样，他端坐在为首的一辆平淡无奇的战车上。不仅如此，他还故意和身后的十万精兵拉开了距离。他的目的只有一个，他要让将军阁上的关羽清清楚楚地看见自己。是周瑜，是三个月前对他口头宣战的周瑜来夺回荆州了！

不知从何时起，阳光升起来了，越来越多的光亮照在庞大的战阵上，那无数只银白的战盾和盔甲，在西天折射出月亮般的光辉。周瑜突然产生了一种幻觉，感觉自己是在多年前做过的一个梦中。那是他迄今为止做过的唯一战败的梦，也是让他唯一记忆犹新的梦。在那个梦里，他又回到了多年前的首次出征，攻取的城池不是别的正是江东都城建业，梦里不知名的劲敌，从一开始就让他的将士身处埋伏，为了杀出重围，他孤身奋战，终于支撑不住，吐血倒地而亡。想到这里，周瑜忙微笑着摇了摇头。此刻，死亡于他已经无关紧要，唯一重要的是荆州，是荆州能不能回到江东的怀抱。

近了，更近了，无边的战阵犹如无声的波涛，缓缓向荆州城席卷。和周瑜一样，他身后的将士们也全部凝神屏息，注视着这座巍峨雄壮的城关。千军万马，犹如不朽的石像静默无言。

在这千军万马所瞩目的城关之上，关羽却闲庭信步似的在守城将士们身后踱着步，他步履稳健，表情坚毅，似乎那千军万马的波涛对他来说只是一人一骑，似乎那声势震天的大山谷于他毫无威慑力，又似乎他对这一切已经见过上百次、上千次。而关平和他的将士们却显然没有这样强大的自信，他们无法摆出淡漠的神色，而是凝神屏息，目光紧紧地追着关羽。半天，方听他且走且令，用吟诗般的语调从容地开了口：

“告知百姓，城墙内侧二百步以内人家，全部搬迁。两个时辰内，他们房屋片瓦无存。”

话语未息，已有一名甲士火速奔下城关，传令而去。

“快马传命章陵、南阳二城守将，无论荆州战况如何，他们概不准发兵来援，违令斩！”关羽捻须，再次开口。

又有一甲士火速奔下城关。

“周仓李平，率军一万上城御敌。王超马进，率军一万备战。两军每隔四个时辰，战歇轮换一次。”关羽停止了捻须，目光沉吟着，停在城下不远处那浩瀚的山谷之上。无须猜测，他也知道，那是周瑜十八年来苦心研制的若干攻城利器，不过，他不怕，不要说只是他周公瑾一人，就算是他和曹孟德一同来犯，他又有何惧？不过是守城，于他关云长，只是末技而已。

又有一士奔下城关。

“关平率所有甲士，只歇不战！吴军如果兵败，防曹军来袭。吴军如果破城，与敌决战于城中。”

这是关羽当日的最后一条命令，显然，破城并非不在他的意料之中，但是，破城之后，周瑜将他的大旗插上城关，自负的他却认为这绝无可能的。

“遵命！”关平凛声应道。

在离城关还有五百米的时候，那山谷上的草垫被掀开了，最先出现的是十具渐次升高的攻城战台。在大片甲士的牵引之下，它们最终像十樽擎天巨人，以高傲的昂然之态向荆州城关迅速靠近。无论是江东将士，还是城关之上的士卒，都显而易见地发现，这战台上最高一层的平台，甚至比城关上占据制高点的将军阁还要高出十尺。只要登上这个平台，任何一个无足轻重的士卒，都可以将荆州城内大大小小的军事设施纳入眼底……

很快，荆州城内的火力立刻发现了这些攻城战台。无数火弩与飞弹，从哨卡、从瓮城、从暗孔之后，飞向站台上的士卒……

周瑜已经离开指挥战车，登上离城关最近的那座攻城站台。现在，那近在咫尺的城关已经在他的俯视之下，多少次在他梦中浮现过的防御机关现在一目了然、清晰可见。他再次微笑着摇了摇头，嘀咕了一句连离他最近的校尉也没有听清的话语，便转身离开了站台。

“四日之内，定能攻下荆州！”周瑜离开好一会儿之后，那校尉才明白过来，大都督说的是这一句。想明白之后，他也不自觉地和大都督一样，矜持地微笑着，摇了摇头。

很快，从站台上爬下来的周瑜，向那具最高最大的主站台示意发出进攻号令。立刻，主战台上发出一阵震天的轰鸣，几枚绚丽的哨弹如烟花般升上了高空！

让守城的将士们目瞪口呆的是，有六具攻城战台忽然像刺猬渐次膨胀开来。各一层站台均现出层层巨弩，每一架巨弩上都安置着闪闪发光的长枪。不等他们回过神来，啪啪啪！已经有无数只长枪朝城关射来。这样长度的长枪，不要说从那样高远的地方射出，就是发自一人一骑，也让人难以招架。顷刻之间，它们射穿了所有的战盾，深深地，密密麻麻地刺入了城关的墙身。有一些还直接射穿了将军阁的阁顶。

而此时，为了与那攻城战台相配合，地面上的甲士们已经组成了变化多端的甲阵，他们手中的战盾彼此相连接，首尾相盖，如同一只只巨大的钢甲乌龟。这些钢甲乌龟冒着从城中飞来的炮弹与弓箭，无畏地朝城关一步步逼近。等到一到箭矢和炮弹飞不到的城下之地，甲士们纷纷从那龟壳里跳跃而出，踏着刚刚钉在城墙上的长枪，像踩楼梯，像攀岩石，手执利器朝城关爬来。

而两具没有张开的攻城战台，却径自往城关开来，并在即将与城墙相撞的那一刻，发出“轰隆轰隆”两声巨响的同时，在两层不同高度的站台上分别射出两枚长长的，既像长枪又似长矛的利器。那利器张开锋利的长嘴，深深地咬合在城墙之上。更让人匪夷所思的事情出现了，那利器上竟挂着一卷卷帘，慢慢地，那卷帘展开、落下，最后竟是一张由粗绳编织而成的巨幅渔网。那渔网那样巨大，以至于很快覆盖了一大片城墙。无数轻甲的士卒从战盾后冲出来，来到墙根，顺着这渔网向城关攀岩而上。

最后两具攻城的战台也接近了城关，它们没有变成长满弓弩的刺猬，也没有射出尖锐的利器，而是直接从顶部斜出两架长长的云梯，在守城将士们的瞠目结舌中，“嘎”地直接搭在了城垛上，成为战台与城关之间的过渡。更多的东吴甲士从战台上站起身，直接踏着这跳板冲上城关。

所有这些攻城战台出动的同时，为了替冲锋陷阵的甲士们作掩护，在地面上的一具具战车列阵又架起一枚巨大的抛射器，它绵绵不断地向荆州城内抛射出一枚枚刺溜直响的燃烧弹。因为射程遥远，几乎没有人能看清它最后的落点，大家能看到的、能闻到的，只有那硕大的火球在城墙上燃烧的片刻，引起的守城将士拼命奔跑的恐慌和随之而来的皮肉烧焦的气味……

而在水上，在周瑜三个月前曾经陷入窘境的护城水道内，形势也同样对吴军有利。从攻城站台从大山谷上钻出的那一刻起，一艘巨大的战船已经沿长江逆流而上，驰入布满杀机的水道。从表面上看，这船与周瑜当初的座驾并无明显不同，可只有江东水师知道，其中另有春秋。

眼看那水道越来越窄，城门上那两只瞪大的兽眼越睁越大。武装齐备的江东甲士们不由得浑身毛孔发紧、血液发凉。他们不用看也知道，此刻的城关已是万弩待发，水道两旁也有上万的士卒蛰伏已久，所有这些，只等他们一到，便跃然出击！

先是一批艺高胆大的水手，如身形颀长的银鱼悄无声息地跃入水底，他们绞紧手中早已准备好的巨钳，将水底昂立的利器一一绞断，好让船底贴着断器安全地驰过。

接着是一批射术高强的甲士，他们潜伏在甲板之下，对准距离战船越来越近的弓弩手，率先射出了弹无虚发的利箭。

大概是离城门不到八百米的样子，甲士们听见城关上有校尉发出一声“发”的号令，顿时，城关与水道两旁万弩齐发，无数飞石利箭朝战船击来！

那留在船舱内的第三批甲士终于派上了用场，他们迅速按下手中的按钮，那战船在一连串传送齿轮的命令之下，迅速变化了外形。在它的四周，很快升起了一扇扇巨大的铜盾，将船头、船身和船尾严实实地保护起来。那箭矢和飞石击打在铜盾上，不但丝毫无伤，反而似乎一下子在船身打开了若干射口。守在后面的甲士，沿着那箭矢和飞石的来向，连续发射出一轮轮连环箭。一连十支箭矢，如暴雨般回射向岸上的士卒……

战船终于在铺天盖地的箭矢与飞石间驰至水中城门，只见那神奇的战船再次变换外形，在那铜盾之上，又生出一副状若牛角的新船首。在船速骤然加快的同时，那尖锐的船首狠狠撞向城门。只听“轰隆”一声，那城门上的一只兽眼被震开了，另一只却仍然紧闭。那巨大的战船在半开半合的城门跟前，原地打了两个转之后，依然冲不进去。

不过，没等守城的将士们叹出一口气，那战船在停稳之后，又再次变换外形。在两个甲士的操纵下，它的顶部张开了，一副可以容纳几十人的阔大战台冉冉升起，最后，当它抵达与城关平齐的高度，船舱里的甲士纷纷手执兵器冲上船顶，从战台跃入城关……

没等守城的将士们缓过神来，远处又驰来第二艘战船，它与第一艘战船一样，有自我保护的战盾，会变换外形，经过同样的沿途交战，最终抵达了第一艘战船的尾部。让这些以军纪严明著称的关羽军难以想象的是，那两艘战船竟“咣”地连接在一起。这还没完，紧接着，第三艘、第四艘也驰来了，它们与第一艘、第二艘毫无二致，经过一番激战，很快与前一艘首尾相连……就这样，没过多久，那原先宽大的城门水道竟完全消失，彻底沦为江东水师的攻城阵地！

就在吴军亮出各种让人眼花缭乱的新式武器，迅速占据攻城先机的时候，关羽正站在将军阁内，边沉吟边居高临下俯视着整座城关。周仓李平不见了，王超马进也没有踪影，按照他的吩咐，他们或去守城，或正与试图破城的吴军厮杀。只有儿子关平还紧张地伫立在一侧，静候待命。

即便不看城下，不关心城门是否已经被攻破，关平也已经知道，守城将士们的心理防线已被击溃，关军意想不到地伤亡惨重。

“父亲，战况危急了，我率甲士出战吧！”良久，关平颤声道。

关羽却没有反应，他似乎没有听见，又似乎仍在兀自沉吟着，沉浸在自己的世界里。

“父亲……”

关羽终于抬起来头，像刚刚看到关平似的，微笑道：“平儿啊，告诉你一个好消息……”

关平愕然，眼中掠过一丝不解之色。他不知道，在这种时候，还会有什么好消息。

关羽继续微笑着，侃侃而谈：“我原以为，周瑜如果攻城，最少要攻我三个月。但现在看来，两日之内我与他便能一决胜负。关平啊，我料错周瑜了！”

关平大骇，他目不转睛地注视着父亲。让他费解的是，父亲的微笑是发自内心的，他那侃侃而谈的样子几乎算得上是神采飞扬。要过很久之后，关平才能明白父亲如此反应的原因。棋逢对手，势均力敌，对于一位蔑视群雄、矜骄自傲的天下名将来说，是一件多么让他兴奋激动、酣畅淋漓的美事。

在杀声震天、血肉横飞的荆州城内外，除了关羽，还另有一人，也置身于刀光剑影之外，竭力保持平静的心绪，他就是江东主公孙权。

在距离荆州城几公里外的中军帐里，孙权既没有看荆州地图，也没有沉思着来回踱步，而是百无聊赖地独自坐着。他甚至告诉门口的侍卫，没有重大军情不要打扰自己。他独坐半晌之后，忽然眉心一皱，信手取过身旁的一方丝帛，在上面凝神书写起来。片刻之后，却又对书写内容不满意，将那丝帛掷到一边，又取来一方，重新写下去。

然而，那侍卫显然没有尽责，就在他执笔沉思之时，鲁肃未经通报便自行进来了，不仅如此，他还满脸通红，气咻咻地望着孙权，边走边说："主公，没想到你竟然欺骗我！"

孙权没有抬头，而是继续自己手里的书写，沉着道："怎么？"

"主公从来没有相信过孙刘联盟！主公罢免公瑾，裁撤主战将领，箭射吕蒙，忍辱求亲，全都是为了欺敌，全都为了让关羽轻视江东，分兵入川。主公非要把江东将士逼至绝境，逼到了几乎兵变的程度，这才认为战机到了！主公所做的一切，早就与公瑾预谋好了，只骗得我这个厚道人为你们做假，做嫁！"鲁肃一口气说下去，语气又急又痛，似乎真的是受尽委屈，然而无论是孙权还是他自己，都能听出来，那里面分明充满了由衷的快意与喜悦。

孙权微笑着，抬头看向鲁肃："子敬，你其他说得都对，唯独和公瑾'预谋'说得不对。公瑾被罢免的三个月里，我没与他见过一面，道过一言。为何？因为我们心意相通，根本无须预谋，直到编钟身上出现那句话。"

“什么话？”鲁肃奇道。

“吾命不绝城不下，吾命绝而城得。这让我明白，公瑾已经决定了取荆之策，我立刻遵从他的决定！”

“公瑾会死？！……”鲁肃面露惊骇，忍不住喃喃自语。

孙权的脸上立刻露出不悦。“如此问话，真是对公瑾的污辱！公瑾是谁？他是从十三岁起就统领三军的大都督，是我吴阿的军神！”他甩了甩袖子，看上去似乎在责怪鲁肃，其实更像在驱赶脑中同样的念头。

鲁肃见状，忙收住话题，转为打量几案。“主公在写什么呢？”他盯住那被掷到一边的丝帛，困惑地问。

“降表。”孙权微笑起来，圆圆的胖脸上升起两团晶亮的光辉。

“降表？！”鲁肃惊愕得下巴差点掉了下来。他不明白，前方将士正在奋勇杀敌，主公怎么可以在这里写降表？这是唱的哪一出？

“将士们都在攻城，此时此刻，主公的价值不如一马夫！我除了写写降表，还能做什么呢？”孙权似乎看出了他的心思，解答似的说。

“向谁投降？”鲁肃的声音不自觉地颤抖起来，他已经开始相信这件事情的真实性，只是着急他不是主公，不能一下子明白主公的所思所想。

孙权拿起面前的丝帛，交给他说：“念吧，顺便为我斟酌斟酌。”

鲁肃立即取过丝帛，高声念颂道：“臣权叩拜魏公丞相。吴军攻荆大败，兵马无归，国力丧尽。此时，公只须遣一上将，提五千军直袭吴阿，尽可兵不血刃收取江东九郡。权，必率百官跪迎。公若不忍如此，则请容权率土归降。十日内，权必遣长子孙皓前往许昌，终生为质，并携江东五十六县之图册簿籍，一并献于丞相。此后，江东所有税赋粮饷，尽归丞相取天下所用。臣权百拜……”鲁肃念到这里，忍不住停顿了下来，看向孙权，焦躁又气愤地道：“主公这是何意？城关东西二门皆破，公瑾眼看要拿下荆州，我们要大获全胜了啊！”

孙权不作声，只默默地看着激动的鲁肃。好一会儿，等他的情绪稍稍平复些之后，才开口道：

“子敬啊，你知不知道，现在恰恰是最危险的时候啊！曹操现在正在犹豫，攻吴，还是取荆？他要是现在倾巢而出，攻荆则荆亡，取吴则吴下，谁也挡不住他。我这道降表一到许昌，有助他做出最终判断——刘备与孙权，谁才是他日后一统天下的大敌！况且，这表一出，即使我们今日大败于荆州城下，即使国破家亡，江东也可能获得十几年喘息之机。”他说着又一甩袖子，补充了一句，“哦，我说的是可能！”

可是鲁肃却迟迟没有走出激动的情绪，他语气激烈地道：“可是如果我们取胜呢？如果我们攻下荆州呢？”

“那就学曹操而且比他更彻底，无论多少海誓山盟，全部赖账！之后厉兵秣马，攻许昌，争天下，取曹刘二人的脑袋。”孙权语气淡漠，脸上却一片毅然决然。

鲁肃来回走了好几步，又不停地搓动着双手，好不容易才让自己的情绪稍稍平复，用饱含热泪的眼睛默默凝视着孙权，感喟道：“主公呵，这是古往今来最恶毒、也最伟大的降表！”

孙权明显感动了，他用目光拥抱了鲁肃，微笑道：“精辟。”

“我亲自去许昌，拜见曹操！”鲁肃拿起丝帛，头也不回地走出了军帐。

鲁肃说得没错，尽管大规模的攻杀还没有分出最后的胜败，可是已有的伤亡状况和士气涨落已经摆明，形势不容乐观，关羽的军队明显落在下风。尤其是东城门，在攻城战台和战船的协助下，经过吴军无数长枪、大刀和石器轮番作战，眼看就要处于分崩离析的边缘。旗开得胜的吴军一片士气高昂，似乎一待城门倒塌，便要争先恐后如潮水般涌入。

关平的主动请缨终于为关羽所默许。此刻的他正率领着他的嫡系亲兵，一片密密麻麻的银白战阵伫立于城门之内。面对似有千军万马撞击的危险城门，这些训练有素的甲士们个个冷如刀剑、静如顽石。

“轰——”

“轰——轰——”

接连三声巨大的撞击声，让城内的将士们握紧了手中的刀枪和战盾。终于，伴着那门扉发出一声轻微的“咯——”，城门斜着倒入城内。不计其数的吴军呐喊着蜂拥而入。

“发——”

不待那战阵上前迎战，关平已对着城上的守将发了个手势，顿时，城门两边的机关和暗孔里射出一阵箭雨，冲入的吴军士卒纷纷中箭……

关平则举起长刀，长喝一声“随我来——”，他带着上万的甲士冲了出去。

直到这时，关羽军高超的射术、严明的军纪带来的优势才真正显露出来。虽是蛰伏在暗处，可城墙上的弓箭手几乎弹无虚发，冲进来的吴军中箭者甚众，即便有躲过箭矢或者负伤前行的，也行之不远，原因是他们遇上了关羽的铁军。这一万嫡系精兵是关羽关平父子十年来精心训练的结晶，他们的骑术、刀法，甚至他们攻杀时左手先出、眉心微微一皱的习惯性动作，都与关氏父子一模一样。

城内幸存的吴军不得不到处闪退，他们用手中的刀枪做盾牌，四处抵挡冲出的方阵。可长途奔袭和连续攻城已经耗费了他们过多的体力。他们之中的大多数被方阵冲倒了，有的被暴烈的马蹄踩在脚下，有的倒在沥血的长刀之下，还有的被城关上的弓弩手补漏般一一射中，一时间，冲入城门的吴军几乎折损殆尽。

自然，吴军的攻城将领很快发现了问题所在，很快，他命令几个校尉围到几具攻城站台旁，开始制定新的攻城计划。经过一番讨论，吴军甲士很快分批次爬上站台，接着，满载甲士的站台往已经打开的城门开来。看得出来，他们是想以站台为掩护，再次入城。

可就在这时，城门口冲出左右两拨健硕的铁骑，每一拨铁骑由数十只铁骑列队而成。每一匹铁骑的身后都扯着一根长长的绳索，而每一根长索最终都拧聚成一根巨索。于是两拨铁骑合扯着两根巨索，两根巨索最终被汇到一起凝成一根更大的巨索，那巨索的后面拽着一只巨大的石轱辘。

那石轱辘在两拨铁骑的奔驰牵拽下，越滚越快，越滚越快，最后，轰隆隆，带着重重积聚的极大冲击力朝吴军碾压而来。目瞪口呆的吴军显然没有料到关平会临时造出这样的武器，这武器完全谈不上创新，不过，它们很及时，也很管用。不等吴军回过神来，那巨石轱辘已经撞上了吴军苦心研制的新式武器——攻城战台的底部。那具高高的战台立刻倾斜过来，发出嘎嘎作响的呻吟声，而且不等吴军做出任何反应，已经轰的一声栽倒在地。一时间，战台上准备进城的所有将士，全部落地殒命！

而且说时迟那时快，不等其他几具攻城战台上的将士们反应过来有所行动，已另有两拨铁骑冲出城门，拽着又一个巨石轱辘冲向另一具攻城战台，毫无例外，那具站台也立刻被撞碎，从空中轰然倒地。

尽管剩下的甲士们已经迅速从站台撤退，可是一具具站台还是难挡石轱辘的撞击，顷刻间化为一堆破铜烂铁。

眼看那几具攻城战台隆声倒地，死伤无数的吴军仿佛一下子失去了主心骨。尤其是失去将领的攻城方阵，好像一群无头的苍蝇到处乱转。而就在此刻，关平策骑率领数万甲士冲出城门，往吴军的中军扑去。远远地，从城关的将军阁上可以看见那里高高耸立着周瑜的大纛……

与此同时，在西城门内，没有遭遇关平的吴军将士已经冲过城道，逐波往荆州城内挺进。对于这些将士而言，此刻的兴奋与激动不言而喻，他们像一群外出觅食的饿兽，终于来到了动物们栖身的森林；又像永远吃不饱的食人怪，渴望将任何活物吞入口中。他们没有遭遇关羽军的伏击，这让他们松了一口气的同时又有些忐忑，荆州守军虽不足三万，可关羽极擅用兵，他不可能在这样重要的城门之后没有布防，这只能是空城计。他们手举盾牌战战兢兢往前探进，似乎每一步都有可能遭遇陷阱，不过，他们最大的猜测来自城关上的弓弩手，还有城墙内暗孔后的机关。然而想象中的石块、暗器和箭矢却鲜少出现，除了一两支从城关上落下的长枪，几乎没有任何武器朝他们飞击。渐渐地，他们开始相信真正的埋伏在城内，于是他们的步子也就开始大了起来，就在他们越行越快，即将穿出瓮城之时，突然，在城门穹隆的上空“咔”的一声落下一道厚重的城门。顿时吴军进军的洪流被斩为两截。数个行进的士卒甚至被城门砸中，当场殒命。

更加可怖的是，这落下的城门和瓮城尽头的城门两相拦截，将数千的吴军将士罩在了巨大的瓮城之中，他们既无法前进，也不能后退，只能你看着我，我看着你，在对方眼中无声地觉察着自己的恐慌。就在众人内心惶恐、无以为计之时，那率队将军挥舞着手中的战刀厉声宣令："休慌。半个时辰内大都督就会破城！"众人听了，才按住手中的刀剑，稍稍定下神来。

然而，就在此时，他们头顶的屋宇突然响起了一片砖瓦碎裂的声音，他们毛骨悚然地仰头望去，没想到这一望之下，几乎人人肝胆俱裂——他们看见了策骑横刀的关羽，正从高高的城关一跃而下，那传说中的赤兔马根本脚不沾地，它只是在屋宇楼阁的顶上飞驰。那铁蹄从屋顶弹开之后，被踩踏过的砖瓦才来得及碎裂……不等吴军将士们从震惊中回过神来，那天神般的关羽已经从半空中降至瓮城，又以让他们眼花缭乱的姿态降至他们的头顶。他们完全忘记了自己的处境，忘记了自己手里的刀剑，而是直愣愣地仰着脖子傻呆呆地瞧着，似乎在等着他的目光发现自己，又似乎等着他的青龙偃月刀找到自己的脖子。然而，他们却又再次料错，关羽的眼中根本没有他们，他的目光只轻轻朝他们一扫，便和他手里的青龙偃月刀一起，直取刚刚说话的那位率队将军。只一刀，那将军的头颅瞬间飞出数丈之外……

直到此刻，众将士才如梦方醒，重新意识到自己真实的处境。醒悟过来之后，他们也就重新打量了一遍这幽暗阴森的瓮城，怀着以卵击石的必死之心，拿起手里的刀剑，朝威震天下的关羽杀将过去……

就在关羽在瓮城中与数以千计的东吴将士恶战之时，关平的铁骑却如疾风一般冲到周瑜的大纛面前。这一幕，不但令数以万计的吴军将士胆寒，就是对面城关上的守城将士也暗中吃了一惊，关平这是要向周瑜发出挑战吗？如果真如此，没有人能预知两人单独交战的胜负。就如同一只异常凶猛的成年老虎，突然冲向一只离群的孤狼。关平是关羽悉心训练出的虎子，而周瑜，在苦等夺回荆州的十六年里，已经耗尽了他宝贵的精力，包括现在攻城受到的巨大挫折，和他大理石般苍白的脸颊上浮现出的勉力的微笑，无一不在暗示，也许，他不一定能赢。

关平没有宣战，甚至，连一个招呼都没打，便举刀往周瑜的大纛冲来。周瑜也好像与他约好似的，一言不发，只微笑了一下，便拔出了腰间的长剑，埋头迎了上去。

“大都督！”几位副将震惊地拦阻，并伸出自己的剑锋。

周瑜不理，他的目光紧紧地盯住迎面而来的关平。

“大都督快退！……”副将们冲上来，有的用自己的身体挡住周瑜，有的对着关平拔出了自己的刀剑。

然而，此刻的周瑜却露出一种前所未有的奇怪表情，他似乎想试探一下关平的能耐，又似乎想在众将士面前做一示范，总之，他的样子不像在实战，倒像在战前的训练或游戏。他竟然挥开众副将，步行朝关平的战骑迎去。

这时，几乎没有等到关平的命令，上百匹关军的战骑便立刻冲了上来，正像吴军所担忧的那样，周瑜身后的方阵被冲散了，吴军顿时好像一盘被推倒的散沙……

“大都督——”副将们焦躁的呼唤声很快被双方交战的声音淹没了。

为了营救周瑜，吴军立刻重新纠结阵形，和关平的数万精兵殊死搏斗。

然而，关军灵活的战法与严明的军纪再次显示出他们的优越，在他们面前，吴军一次次徒劳地转换方阵、攻守互换、恐吓威慑，最后沮丧地发现，不但无法靠近大都督，而且只能且战且退……

周瑜已经深陷关军的重重包围，只能以匹夫之勇与关平率领的数以万计的精兵恶斗……

而此刻，关羽已经杀光了瓮城内的吴军，他站在不远处的城关上，提着滴血的青龙偃月刀，静静注视着体力越来越不济的周瑜。

在经过与关平的一番搏斗之后，周瑜已经浑身是伤，关平主动退出了和他的交战，策马横刀，站在离他不远的战阵里，微微地喘着气。取代关平的，是数不清的关军甲士，他们自觉地围成一层叠一层的包围圈，轮番与周瑜殊死搏斗。

周瑜肩上中了一刀，很快，腰上也中了一刀，接着是小腿，大腿，最后，是前胸、后胸，渐渐地，他的身上几乎没有部位不受伤。后来，连那些关军的甲士们也开始怜悯他，他们的长刀并不很深地捅到他的身体里。因为他们知道，他绝不可能再活着出去了。而且他们看出来，他的眼睛慢慢看不见了，耳朵也渐渐听不见。除了离包围圈几丈远的地方，还有几个吴军将士正拼命试图杀入战阵，可是，他们的战骑一遭遇关平的大刀，便立刻被砍翻在地。而这一切周瑜竟然没有看见，也没有听见。总之，虽然他们劈死周瑜这件事确实石破天惊，可是潜意识里，他们却又觉得这容易得不像是真的。因此，他们就有点恍惚，感觉自己在做梦，所以那砍下去的大刀也就更加犹豫、放松，好像担心这个周瑜是假的，自己杀错了人似的。

第　八　章

周瑜之死

周瑜出征时，是个微雨的早晨。那天小乔起得很早，她知道每逢这样的日子周瑜都会赏花击剑。落英与剑锋，是何等的相通相似，它们都那样娇美，那样稍纵即逝！他曾不止一次这样感叹。小乔理解这样的感叹，也深以为然。因此，那天，她便穿戴整齐，支走侍女，独自一人走到后花园，对着一株海棠花树临风而立，等着周瑜。

自从周瑜再次被任命为大都督之后，小乔几乎就没再见过他了。对此她并无怨言，这是多年来养成的习惯，只要有战事，他就会凭空消失。而等到战事结束，他又会面色平静、若无其事地归来。似乎对他来说，那些大战从来没有存在过。可是在小乔看来，除去战前准备、出征、归来，这些围绕着战争前后的日子，他留给自己的时间是那样寥寥无几。因此，他不在她的生活里，而是在一场接一场的战役里。可是有什么办法呢？和任何一个带兵打仗的将军的妻子一样，她因为爱他，不得不接受那些大战，甚至爱着那些大战，因为只有她也爱它们，她才能够继续爱他。

真是落花人独立，微雨燕双飞啊。当一阵娇蕊似的细雨缤纷坠落，她期待着他走到自己身后，微笑着这样调侃。然后，她就会转过身来，什么也不说，只用自己闪亮的充满爱恋的目光深深地注视着他。

如此这般，便算是他们夫妻最后的离别了。她这样料想时，丝毫没有意识到，他可能会连自己这一点微弱的要求也无法满足她。

果然，直至那细雨飘洒起来，变成泪珠似的断帘，还有后来，雨滴渐渐停住，雪白的天光如同烈焰照亮了整个花园，她的周郎也没有出现。

他就这样走了，没有回家，没有和她打个照面，甚至没有留下一句话或者一张便条。他真狠，他真绝情。这两句话像一枚钱币的两面不停地在她脑中旋转着。

她只管站在那里怔怔地想，也不知道那雨后的海棠花一阵阵被风吹拂，落了她一头一身，直到正午的太阳光热辣辣地穿过花树，刺痛她红肿的眼睛，她才抬起头，收了眼泪，失魂落魄地往大堂方向来。她心里又生出渺茫的希望，兴许他派了人或者留了口信，而来人不知道她在花园。尽管事实上，她知道这样的可能微乎其微。

她匆匆从后门绕过屏风走入大堂，一路上除了家里的仆人谁也没有遇见。她的愿望也就像渐渐瘪下去的气球落了空。她不得不四处打量这熟悉的大堂四周，这是周瑜在家时接待客人的地方，也是他们夫妻俩夫唱妇随、奏乐舞蹈的场所，这里隐藏着她多少激动欢乐的回忆，而此刻，这些都变成了一种锥心的失去的痛苦。

没有，没有人来，更没有信。她失望地看着空荡荡的大堂，绝望的沮丧一下子攫住了她，她扶住一张躺椅，一阵剧烈的心痛带来的眩晕几乎让她跌倒在地。

也许是上天在怜悯她的痛苦，就在这时，一阵从窗外吹来的凉风，透过她的衣袂，遥遥地朝大堂吹来。好像做梦似的，她忽然听见了那编钟的嗡鸣。她摇了摇头，闭上眼睛，她以为自己是因为过于伤心产生了幻觉，可等到她再度睁开眼睛，却发现昨晚还光秃秃的钟架上竟然吊着一只小小的乳钟。此时它正在金色的阳光下闪耀着，随着微风发出丁零零的清音。小乔又惊又喜，虽然内心深处的忧伤依然无法排遣，可她的嘴角却忍不住上扬起来。她凝视着那可怜又可爱的乳钟，一步步朝它的影子走近。

她已经看见，在那靠北的屋角一隅，瘫坐着一位受伤的老甲士。他的伤势大概不轻，因为他的脸色和小乳钟身上的青铜相差无几，而且他可能也快到退役的年纪，因为他脸上的皱褶也几乎和乳钟上的铭文一样精细深沉。他看见小乔朝自己走近，忙挣扎着站起身，弯腰施礼。

“您是谁？这钟，又是怎么回事？”小乔指着那已经静止下来的小乳钟，压抑着自己的激动，轻声问。

“禀夫人。”那老军士剧烈地喘息着，一边咳嗽一边挣扎着回答：“当初化钟时，大都督暗中违抗了主公令，私藏下这只钟，他知道夫人最喜爱它。今晨，大都督令我把这只钟送来……”

因为过度的疲惫和伤心，小乔几乎听不清他说的话，不过“大都督”几个字连着两次清晰地传到她的耳中，她的心尖一颤，尤其是后来又听到“今晨”“送来”等字眼，终于忍不住颤声道：“周郎！周郎他现在在哪里？他怎么样？他好吗？他好吗？”她接连问了两次“他好吗”是因为今天早上没有等到他来告别，现在他又托人送来这小乳钟，这一切的一切都让她有了某种难以描述的预感和痛苦，都在将她往那个她不敢想却不得不想的可怕方向去了。

果然，她听见那身心疲惫的老甲士，用沉毅却不乏伤感的语调回答："大都督说，他在荆州等你。"

小乔闻言，周身血液一凉，几乎不能再呼吸。

那老甲士却似乎没有看出她的任何异样，而是和开始一样，平静地弯腰施礼，离去了。

小乔慢慢回过神来。在荆州等她，这是前所未有的叮嘱，他从来没有要求她离开过吴宫，更不要说去战场了。他让她去，而不是他回来，除非……想到这里，她浑身的血液再一次凝固了，不过很快，她的脑子又飞转了起来。也不一定，荆州，对他来说意义非同寻常，也许他是想让她亲眼看见他的胜利，分享他的快意……

她一边在脑子里胡思乱想，一边眼中噙满热泪痴痴地望着那小小的乳钟。俄顷，她终于拿起那一直留存在锦垫上的钟槌，走上前去轻轻敲击起来。它还是那样古朴、精巧，充满不可思议的盎然诗意。可是小乔既看着它，又没有看着它，既听见了它，又没有听见它。她的目光、她的耳边，充斥的全是她的周郎，那最后一次相聚，她满怀欣喜为他击奏新曲，他那忧郁的目光紧紧追随着她……"周郎，你听……"她闭上眼睛，用耳语般的声音喃喃自语："不过，你只可以听，不可以瞎想，尤其是联想到自己身上，这不吉利，对你我不好……"

小乔冥想着，两只手却没有空闲，而是袅袅婷婷地继续敲击着这硕果仅存的小乳钟。那小小的乳钟本该发出单调的细高音，然而，仿佛如有神助似的，那邻近的一片片虚空，却自动发出一阵阵黄钟大吕之声，空气中浮动着小乔臆想中的那首新曲——来自那篇寓言的灵感之作。

小乔的脸上露出如梦如幻的神情，为了配合那钟声，她竟和那次一样，在来回击奏时翩然起舞……

在前胸连续中了三刀之后，周瑜的步履就无法自控地踉跄起来，虽然为了勉力振作，他轮番两次，将自己的长剑插在地上，扶着那剑柄略事休息，可是渐渐地，源源不断的鲜血从他的胸口汩汩流出，染红了他脚下荆州的土地……

“噗——”“噗噗——”一刀、一刀、又一刀……木槌般粗涩的击打感一次次敲击着他的后背、大腿，还有，他的腹部……让他感到奇怪的是，刚刚受伤时那种锥心的疼痛消失了，取代它的，是单调的让人安心的摩擦声。不过是青铜硬铁与血肉之躯的摩擦与镶嵌。他不自觉地微笑起来，就是他惯常的自矜的那种微笑。

是啊，他怎能不微笑？他这一生，何其幸福，何其完满。他为了江东的版图，征战一生，从无败绩。他娶了全天下最美的女人，而且她与自己倾心相爱。

“噗”又是一刀，这一刀仿佛是关军对他心存怜惜，他们故意避开了他的要害，轻轻挥砍在他的手臂上。他与他那把长剑已经与他们搏斗得太久太久，他们腻烦了、厌倦了，也害怕了，于是想出一个简单的法子，通过砍断他的手臂，让他的长剑脱手，以方便他偃旗息鼓、束手就擒。周瑜很快明白了他们的这层意思，他迅速将长剑从右手换到左手，同时整个人攒足所有的气力往下一蹲，躲过了这把砍向手臂的长刀。然而，他没有料到的是，他生平第一次高估了自己——他已没有足够的气力闪避任何武器，他跌倒了，重重地摔倒在那刀锋之下，再也无法站起。

一层层关羽的甲士围绕着他，他们用手里的刀剑在他的旁边戳戳点点，有的甚至将剑锋戳到了他的手指和脚趾，他们越来越疑心，他是不是已经死了。

他却再次挣扎着，用右手摸到了自己的剑柄，并缓缓地将长剑插到地上，再次扶着那剑柄站了起来。他骄傲地望着那些甲士，并昂起头往头顶的城关处张望，他知道，关羽正站在那里，遥遥地注视着他。

他没有猜错，虽然他的眼睛已经模糊，无法看清那远远的剪纸般的人影，可是凭着不需要思考的直觉，他知道那人就是关羽。

确实，那伫立在高高的城关之上，静静眺望已经身受重伤周瑜的人确是关羽。他不但结果了瓮城内外数以千计的吴军，而且在那里指挥关平，在彻底摧毁了攻城站台之后，将那变幻多端的战船全都从底部凿穿。周瑜有研制多年的新式武器，而他只要寻常的土办法；吴军有咄咄逼人的攻城士气，而他关军，只需要平时操练的平常心。只有一点让他吃惊，就是周瑜竟然这么容易就要死了，他真是既高兴又怅惘。高兴属于大脑，他知道自己将是最后的胜利者，而怅惘则属于内心，周瑜死后，他在这世上将失去唯一的对手，他将重新感到空虚、无聊和寂寞。

周瑜仰望着关羽墨黑色的身影，渐渐地，耳边想起了一片黄钟大吕之声。这声音既像他每次出征前，主公亲自为他击打的钟鼓，又像前一阵，小乔在家里为他击奏的编钟之乐。想起这些，他的嘴角再次泛起一丝满足的微笑。

血，从他站着的双腿间流淌下来，和他手中死死扶住的长剑柄上流下来的，慢慢汇聚一处。渐渐地，他鼓起的胸膛凹了下去，终于，他没忍住涌到喉咙的鲜血，“哇——”的一声，那鲜血如喷泉喷涌而出。

直至他最后一次躺倒，他也没有意识到，没有主公，更没有小乔，那黄钟大吕之声不过是圈外刀剑相击的结果。几乎所有残存的吴军都聚集到了这里，为了解救他们的大都督，他们一次次提着自己的头颅毫无惧色地冲进包围圈，却一次次被关平残酷无情地杀退。在周瑜倒下的时刻，那“周”字大纛下方的兵马，已经所剩无几。

“吴军必胜……”周瑜以手抚胸，痛叫一声之后，终于猝然倒地，晕了过去。

在这同一时刻，千里之外的江东大都督府的大堂上，对着虚空舞步翩跹的小乔也突然间一个趔趄，撞倒在那钟架的一个拐角。她匍匐在那冰冷的石砖地上，将手掌从沁血的额头缓缓拿开，突然，潮水般的红晕在她脸上涌动着，她的脸越来越红，越来越紧绷，终于像一朵被碾碎的桃花流出汁液，她“噗”地吐出一口鲜血……

她默然凝视那鲜血，半晌，终于抬起袖子，将它们抹了抹。那血却那样顽固地新鲜着，似乎在提醒她，她很健康，受伤的另有其人。顿时，她的心痛得更厉害了，她挣扎着站起来，几乎是疯狂地击打起那小小的乳钟，她脸上激动的红晕越来越大，越来越深……

突然，她好似从那单调却激越的钟声里听出了什么，她神经质地停住了，目不转睛地凝视着那乳钟，凝视那乳钟身上细密如蚊的铭文，似乎那里面的寓言正在变成真实的场景，展现在她面前……

不知过了多久，那小乳钟发出一声短促而又尖锐的轰鸣，它竟无缘无故地砸落在地，碎成两瓣！好似一个受尽宠爱的婴儿，突然堕地身亡！

小乔心中一痛，便什么也不知道了！

周瑜彻底倒下之后，出乎他意料的是，关羽的那些甲士不但没有再围上来，反而像见着了什么可怖的事情的一样，不约而同后退了几步。没有人能相信，名闻天下的周瑜会这样死去，他们一边后退一边用眼睛去找他们的将领关平。而关平呢，他的情况并不比他们好多少，他虽然没有后退，还是在甲士们的围拢下，向周瑜躺着的地方走了几步，可是被他握在手心的瑟瑟发抖的刀柄可以证明，他内心的惶恐并不比他们少。而且下意识地，他不时地仰起头去看那高高的城关，他想让父亲来看一看，虽然他知道，如果他真这样做了，会遭到父亲的讥讽和责骂。

“大都督——”关平走到周瑜的跟前，扔掉手里的大刀，仔细察看那张被血污和乱发掩盖的脸。没错，是江东大都督周瑜的真身无疑，关平一边继续喊着，一边心中暗喜。

周瑜晕过去之后，似乎以为自己睡着了，现在听见有人呼唤自己，便勉力睁开了那双依旧黑得出奇的眼睛。

“关羽——”他的目光并没有散乱，而是像风中的火焰摇晃闪亮。“关羽——”他用微弱却不失粗粝的嗓音，朝关平吼了最后一声：“我在黄泉等你！”说完，他还踉跄着挺了挺身子，似乎还想再次站起，不过他没有成功，反而彻底往后倒去。然后，他便四肢一松，目望苍天，一动不动了。

没有人知道，周瑜是不是真的在最后一刻，将关平错认成了关羽。毕竟，那时的关羽已经从高高的城关飞驰而下，他骑着赤兔马正赶往周瑜濒死的地点——城门口的“周”字大纛之下，不过，他总是没来得及听到周瑜临终前的这句话，不然，他可能就不会那样骄傲轻敌，也就不会那么快就遂了周瑜的意——在黄泉之下与他相会了。

正如江东主公孙权预料的那样，吴军与关羽军在荆州城下苦战之时，曹操往南方派出了自己能够派出的所有兵马。而且，也正像他担忧的那样，他们的目标是沃野千里、锦绣如诗的江东胜地。一方面，因为曹操乃莽夫出身，他对诗书礼乐之邦的江南始终存有垂涎之心；另一方面，他也认为刘备羽翼未丰，又志在蜀滇荒蛮，对自己尚未构成足够的威胁，因此，他的首要目标就在吴不在蜀，在孙权而不在刘备了。

这天的日间，上将军曹仁率领千军万马在旷野里急进一天之后，正准备连夜急行，直取江东都城建业。谁都知道，此刻江东所有精兵强将皆在荆州，建业城内一片虚空，不要说曹仁，就算随便哪个偏将，都可以打它个落花流水。当然了，客观上说，这会造成“围魏救赵”的最终结果，攻打建业势必会引发江东撤军为关羽解围。看上去这是不可避免的，不过，曹操用兵吊诡，谁也不知道他们会和江东达成何种和解，还有会不会再“鹬蚌相争渔翁得利”，顺势拿下荆州关羽，曹仁也就不得而知，只得再等曹操的命令了。

曹仁正坐在马上，正浮想联翩，觉得自己此举很快马到成功，不禁有些得意。不料突然有一骑执令旗急急从后方追赶而来，边追还边大声呼喊着：“上将军，上将军！……”

“何事？”曹仁勒住马，暗暗有些纳罕，不知道这个时候会有什么临时的命令。

“丞相有令，命你放弃江东，率军攻取章陵、襄阳二城。”那传令校尉举起手里的令旗，向曹仁示意，又转身从袖中取出一张曹操手写的便条。

曹仁接过便条，果然是曹操的字迹，内容和那校尉说的相符。不过那语气更加严厉急切，这也正是曹操的说话风格，他一向对别人不放心，他认为重要的事情总要重复交代一遍。

“只是为何？”曹仁惊讶地喃喃道，像是自言自语，又像在问那校尉。

“丞相不言，只令你十日内取下二城！”那校尉道。

“遵命！”曹仁只得立即回复，心里却在竭力驱赶这临时变卦的不快。都说将在外军令有所不受，可于他而言，却是很难想象的，他对曹操不但敬畏，而且死忠。

那校尉离去之后，曹仁没有陷入自己的思考，而是一刻也没有耽误地朝一个偏将喝令：“传命，前军掉头，南下章陵！”

很快，数以万计的战骑嘶鸣起来，在甲士们的勒令之下，它们不得不掉过头来，转向南方疾驰。看着滚滚南去的车轮，曹仁的嘴角突然不由自主绽放出一缕微笑，他忽然间想通了。看来，丞相的脑子还是清楚的，“铜雀春深锁二乔”纵是美事一桩，可对兵家来说，得到关羽的项上人头，还是更有意义，也更有吸引力。

攻城结束了。至少对于关羽的军队来说是这样。这场战役以吴军的旗开得胜开端，而出人意料地，却很快以他们的惨败告终。攻城只持续了一天一夜。一天之前，周瑜曾对他的一个校尉预言，四天之内必定攻下荆州。他的预料错了，为此，他甚至搭上了自己的性命。相比之下，骄矜的关羽却要谦逊得多。他和关平说两天之内周瑜必定会和自己分出胜负。结果，只用了一天一夜，他和关平就大获全胜。他自己毫发无损，关平虽说胳膊受了轻伤，可他率领的精兵强将，因为作风顽强、战法得当，和伤亡惨重、几乎全军覆没的吴军比较起来，几乎算不得毫发无损。

在城关上下、瓮城里外，在城中的各个地方，各种攻城器具、断枪残刀堆积如山，尤其是吴军将士的尸首，几乎像绵延不绝的山丘一样无边无际。

关羽正带着自负却又不失威严的神情，骑在他的赤兔马上四处巡视。他的后面跟着用绷带绷住左胳膊的关平。他一边用得意的目光瞄着他父亲，一边神气地解说道："部下们粗粗点验过了，仅吴军尸首就有一万二千多具。加上失踪的，逃跑的，重伤的，还有被他们运回去的，推算下来，他们损伤的兵力不下于十万。五年之内，江东再无交战的力量了。"

关羽却默不作声，似乎在考虑着另外的关平根本没有料到的事情。关平突然就有些紧张起来。

"周瑜在哪里？"关羽突然问。

关平觉得奇怪，父亲不是明明站在城关上亲眼看见自己将周瑜困在中间，让甲士们轮番与他搏斗，最后让他气绝身亡的嘛？父亲这样问是什么意思？担心那个不是周瑜的真身，还是担心周瑜有三头六臂，打不死砍不烂不成？

“战死了！”关平考虑半晌，还是正声回答道。

“我要看见他的尸首。”关羽也正声道，说着，他不等关平回答，已经掉转马头驰下城道，直往城外的方向飞驰而去。

“儿明白了！”关平一边答应着，一边策马加鞭跟了上去。他是真的突然明白了，父亲这是在做最后的确认。周瑜是江东夺取荆州的最大的敌手，现在，江东的兵力已经耗尽，只有周瑜不在人世，江东才会真正丧失交战之力。他不得不佩服父亲的心思之细、思虑之深。看来，他要向父亲学的东西还有很多呢。

关羽跟着关平来到一座露天战车前，那是一辆足够阔大气派的战车，虽然不是关平在领军时所用，然而，它的尺寸和装饰也勉强能配得上周瑜的身份。不管怎么说他死在了关羽的军中，而他的大都督身份只有在江东才行得通。周瑜双目微闭，嘴角上扬，乍看上去，还和他生前常常见到的一样，矜持自信，英俊倜傥。不错，这正是周瑜，是死去的周瑜，不知咋的，虽然关平是眼睁睁看着周瑜死去的，可此刻，他还是暗中叹了一口气。

而关羽的脸上，却露出了悲伤与高兴、激动与怅惘并存的矛盾神色。但是毫无疑问的是，此刻，他突然掀去了在人前威严自负的面具，裸露出了内心真正的感情。

“拿酒来！”他在久久地凝视了周瑜之后，终于长叹一声，那是一种什么样的声音啊，像盘旋在山顶的苍鹰露出锐利发亮的眼睛，像一头饿狼准备享用他刚刚捕猎来的同类。

立刻有年轻的护卫取来两副酒具，并将两个酒杯满满地斟上。

关羽接过其中的一盏，放在死去的周瑜的身边。再接过一盏，一饮而尽。饮完之后，他对着周瑜的尸首长叹道：“公瑾呵，你怎么就死了呢？你难道不知道，你这一死，荆州从此无忧，而江东却无救了？”

那死去的周瑜依然双目微阖，脸上安详，和他生前的大多数时候一样，他对关羽的话报之以矜持的微笑。

“公瑾啊，你这样聪明的人，怎么会连这个也没有算到？有失水准啊，有失水准！”关羽则无视周瑜的微笑，接着说下去。

周瑜的脸上依然微笑着，似乎对关羽的话不打算回答。

关羽看着那副略带神秘的笑容，突然心有所感，用忧戚伤感的语调道：“也是，天下英雄，哪个不是出师未捷身先死啊！说到底，都是造化弄人！”

这次，等不及周瑜以笑容作答，关平却突然上前低声道：“父亲：章陵守将遣人来报……”

关羽的目光却没有离开周瑜的脸，他只摇了摇手，将关平的话截住道：“不用说了，我早知道了。”

“章陵、襄阳万不可失。”关平的神情却兀自紧张起来，郑重地请示道：“父亲有何命令？”

关羽却笑了起来，用让关平感到陌生的、几乎从未见过的轻松的语气道：“平儿啊。你大概还不知道，守城只是我的末技！攻城拔寨、野战制胜那才是我的长处。你立刻传令下去，伤兵全部留守荆州，其余所有将士全部随我北上，迎击曹仁！”

关平却犹豫起来：“父亲……全部将士？全部将士都开拔，万一荆州有什么闪失……”

关羽用威严又凛冽的目光看着他，那目光充满毋庸置疑的责怪，似乎还有隐隐的怒气。周瑜已死，还能有什么闪失，那目光似乎在说。还有，谁让你帮助我判断了，难道我叫你开口了吗？

关平读懂了那目光的含义，立即噤声了，虽然他没有将头低下，但是他的目光不得不掉往别处。

“快！半个时辰之内就要出发。”关羽命令道。

关平只得转过头来，立刻拨马传命。

要说关平连一点预感也没有，那不是真的。就在他依照父亲的命令传达往章陵、襄阳开拔的时候，他的心里始终像埋伏了一块随风摇晃的石头，他既感到惴惴不安，又莫名地觉得有点害怕。周瑜那张至死始终微笑的脸，一直在他眼前摇晃。他心里有些奇怪，明明是明晃晃的白天，为什么自己总看见一个死去的人。虽说他是名闻天下的周瑜，他死在了自己的手里，可是谁都知道，这不过是他父亲关羽的安排。哦，不，准确说，他总是想起周瑜，和他死在自己手里并没有绝对关联。不知道是不是受父亲的影响，他开始陷入一个无法破解的妄念。这周瑜是真的死了吗？他的尸首明明就在眼前，在关羽要见之前，他自己也已暗中察看了好几遍。是的，没有面具，没有化装术，更没有替身，是周瑜的真身无疑。而且，江东的将士们为了营救他耗尽所有的兵力，也从侧面证明了这一点。可是，问题也就出在这里，周瑜是江东统帅，要夺荆州，他是万万死不得的。可他竟然就这样轻易死了。而且江东惨败，五年内再无交战之力。这所有的事情都对关羽过于有利，有利得让关羽有些眩晕，以至于他毫不犹豫拔出所有剩下的兵力，前往章陵和襄阳。可是，还会不会有人来攻城呢？照父亲的推断，除了北方的曹操，似乎再也不可能了，所以唯一的御敌就是迎敌，他要率领所有的将士们离开荆州。

可是，江东真的不会再来攻城了吗？按照现实推断，那是绝对不会了，可是不知道为什么，关平总感觉那块石头在心里摇来摇去，当他眼前再次浮现周瑜那张面带嘲弄的、微笑的脸，这让他感到没来由地恐惧和不安。

第九章

影子死士

自从来到鬼城之后，吕蒙除了履行职责——训练一百死士之外，几乎什么事也不做。每天除了操练、攻杀、睡觉，唯一与外界的接触就是和那送给养的校尉交谈几句。那校尉本是受排挤才不得不接了这苦役，也就始终沉默寡言，很少说到外面的事情。因此，除了知道江东出兵十万攻伐荆州之外，其余一概不知。他既不知道大都督周瑜官复原职，也没收到任何要用自己或者鬼城死士的消息。但是，凭着一种先天的直觉，他知道离自己领命的日子不远了。

这是初夏一个阴冷潮湿的夜晚，风暖烘烘地吹着，星星和月光都躲在了厚厚的云层之后，杂花都开了，空气里有一股咸腥发黏的气味。吕蒙正独自一人，坐在后殿一个结满蛛网的角落自斟自饮。在他面前，是那支铜箫和一碗颜色发黑的牛肉。自从准备发兵荆州之后，吴阿给鬼城的给养便逐渐减少，酒肉自不必说，就连那米饭菜蔬，也渐渐削为之前一半。吕蒙曾问那送给养的校尉，那人说大都督有交代，开战后这里的给养需求会越来越少。吕蒙听了，想了好一会，才想起周瑜交代的要将二百死士练至百人之内的话。想明白之后，他也就赶紧加大了对死士的训练力度，纪律也故意松动了。当天早上，有两人为争一个馒头打起来，他故意丢了冷眼走开，结果那两人的争斗渐渐扩大成两个帮派的争斗，有七个人的脑浆进了盛早饭的粥桶。后来这争斗的气氛越来越活跃，几天前厮杀训练时，竟先后有十一人死于非命。对此，吕蒙的心态也渐渐发生了转变。一开始他还常常不忍，后来也就安之若素。他也没奈何，这是自然淘汰，是战备的一部分。因此，空气中这咸腥味，还有这乌黑的臭牛肉，不但可以忍受，而且还让他有些兴奋了。

吕蒙吃了一块味道发酸的牛肉，又勉强喝了一口酒。忽然将稍稍前屈的脖颈伸直了，盯着前方的目光飘忽了开去。他感到有人正无声无息地靠近自己，并且似乎有一只手正朝自己的脖颈后方伸了过来。他脑中一个闪念，立刻猜到了来人是谁。他没有扭住对方的手腕，也没有作声，而是用右手掏出一把匕首，悄悄抵在了那人的腰间。

“嘿嘿……”那人嘿嘿一笑，还是伸出手来，往那碗中拈了一块牛肉，扔到自己口中。“我肚饿……”他说着，已经将牛肉吞下肚去。

这不是别人，正是吕蒙第一次来鬼城时在门口遇见的骷髅少年，他不仅贪吃好喝，而且机敏异常。这些天来，他因为吃拿卡要和吕蒙渐渐混熟，吕蒙对他比别人多一份熟稔的同时，也多出了一份欣赏。事实上，因为他消息灵通，吕蒙经常通过他向整个鬼城发布消息或命令。他有点像吕蒙在鬼城给自己设置的传令兵。

吕蒙收起腰间的匕首，将自己面前的那碗酒喝了，又重新斟了一杯，推到他跟前问道：“何事？”

那少年拿起酒杯一仰而尽，又咂摸了一下嘴，叹道：“外头来了个死货，白白胖胖的，像个账房。要不是你有交代，真想烤了他，那肉肥的哇，让人看了想流口水……”

吕蒙摸不着头脑，又斟了一杯酒喝了，截断他的话嗔道：“什么人？来干吗？”

“不知道是什么人，他自己不肯说，只说是替大都督送话。”那少年笑嘻嘻地道，一只手悄悄拿起那酒壶，往怀中塞去。

吕蒙蓦然一惊，几乎是下意识地推开少年，飞快奔出大殿。

果不其然，后殿门楣的阴影里正站着一个熟悉的矮胖人影，来人不是别个，正是被吕蒙骂作庸主，一怒之下差点将吕蒙一箭射死的江东主公孙权。

“主公！”

吕蒙作了一个长揖，沉声道，目光却并不看向孙权。

孙权仔细看了吕蒙一眼，那目光十分复杂，似乎想关心他的伤势，又似乎想和他说点儿什么以表达歉意，可是最终却什么也没有说，只是无言地抬起右手，将什么东西从食指与拇指的指缝间自然垂落。

“叮——”

随着一声清洌的金属之音，吕蒙定下神来，他看得分明，是自己脖子里那枚被一分为二的铜钱。不错，确是大都督派来传话的人。“三个月后，会有人执我这半边兵志前来找你。无论此人是谁，也无论此人下达什么命令，传达的都是我的话。你即刻率队出发，完成使命。”吕蒙的耳边响起了周瑜最后的叮咛。

“明白了！”吕蒙立刻正声道，“末……吕蒙在此待命已久！现在听凭主公吩咐！”他本想自称末将，后又想起自己早已被主公削职，只得临时更改过来，脸上露出一缕隐隐的惭愧之色。怎么说还是他见识短浅，误会了主公，他心里想。

孙权却似乎完全没有注意到这一点，他的脸突然沉了下来，厉声道：“你大概还不知道吧，这次攻打荆州，我军完败，大都督周瑜阵亡！江东的军力、国力消耗殆尽……”

吕蒙大惊，不解地追问道：“大都督死了？这怎么可能？大都督用兵如神，从无败绩……”

孙权却不理他的话茬，沿着自己的话头说下去：“但那只是佯攻，是欺敌。我们真正的主攻，从你开始！”

吕蒙更加震惊了，他瞪大了眼睛，继续用困惑不解的语气问：“我？……这是大都督的意思？可是您刚才说，江东的军力已经消耗殆尽……”

孙权的眼中闪过一丝不悦，他不耐烦地摆摆手，打断了他的问话，道：“现在关羽已经率军北上，荆州只剩数千弱旅！这里的死士，你练至百人以内了吗？”

听到这里，吕蒙已经渐渐明白过来，不错，所有这一切都是大都督和主公的合谋，战败，大都督之死，还有训练这里的影子死士，目的只有一个，就是让关羽以为大都督已死，江东再无交战之力之后，让自己带着近百个影子死士出其不意突袭拿下荆州，这真是从古到今闻所未闻的天下奇谋！

也就是说，大都督以自己的性命为代价，突破了关羽的心理防线，使其彻底恢复了骄矜面目。如此一来，才为江东取回荆州争取到了机会。

“到今天早上为止，城中有死士九十八人！”吕蒙沉下声音，郑重道。

“好！”孙权点头，厉声道，“令你率九十八位死士夜袭荆州！天明之前，将荆州守军全部斩尽杀绝！天明之后，我要进城！”

吕蒙听闻此令，脑中血液立刻“嗡”的一声朝周身四肢畅流而去。他此刻的快意，真是无法用言语形容。这不仅是“受命于危难之中”，为江东解难、为大都督复仇，更是天生良将上战场、英雄有用武之地的发自内心的喜悦。当下吕蒙带着勃发的杀机，朝孙权匆匆一揖，道了声：“遵命！”便准备转身开拔。

“百匹快马已为你们备妥！就在绝命岭的山崖后边！”孙权对着背影喊道。“赶快上路！”这最后的叮嘱还没来得出口，吕蒙的身影已经在大殿门口消失不见。

绝命岭是吴山一座马鞍形的山峰，因为山道狭窄、高度奇绝，平日除了飞鸟走兽外，鲜少人迹。百匹快马之所以被安顿在此，一是杜绝消息外露，二是便于这支奇兵能以最快的速度抵达荆州。就在这绝命岭的山崖后面，有一个秘洞，在那洞中有一处隧道直通长江码头。自然，这隧道不是天然的，而是受已故大都督周瑜之命，由万千军士花三年时间挖掘而成。按照主公孙权的安排，现在吕蒙将率领这不足一百名的死士，打扮成商人的模样，在江上坐船抵达荆州。

不知天公是顺意作美还是故意作难，出发时绝命岭上下起了瓢泼大雨。银鱼似的雨点在山尖上跳跃着，将崎岖的山道磨蹭得镜子般光滑明亮，应着轰隆隆的雷声，尖利陡峭的山石也在山坡上翻着身，一个接一个地滚落下来。马蹄、人脸，甚至随身携带的长枪、刀剑都溅满了泥泞。然而即便如此，除了嘚嘚的马蹄声外，整个队伍却依然肃静有序、悄无杂声。吕蒙带着九十八名死士，从绝命岭蜿蜒而下，准备在山下最后一次整顿队伍之后，便下秘洞、过隧道，从码头上船，直下荆州。然而他只顾埋头行军，完全不知道主公孙权，也驾着一匹枣红色的汗血宝马紧随其后。

“大家先停下来歇歇脚，听头领再最后交代两句！”

眼见队伍即将驰下绝命岭，往那秘洞所在的山崖边行驶时，吕蒙站到了队伍的正前方，勒令那骷髅少年在整个队伍之中来回传话。

死士们很快止住了前行的脚步，脸上戴着面具的、化着浓妆的、手执奇形怪状武器的死士们，全都面无表情、眼神呆滞地凝视着吕蒙。没有人能明白他们此刻内心的所思所想。

“大都督死了！”谁也没有想到，吕蒙会以这句话开头，骷髅少年没有想到，竭力想模仿周瑜的白衣人没有想到，众多想攀附周瑜得到荣华的影子们更没有想到。包括躲在队伍后面骑在枣红马上的孙权也吃了一惊。这些人都是周瑜从各处物色而来，又一手培植喂养到了今天。如今告诉他们周瑜死了，他们还能听命于吕蒙，不作鸟兽散吗？

和料想中的一样，死士们沉默了。因为这是他们聚众时惯常的表情，因此吕蒙还是没法知道他们内心的真实想法。

“但是大都督说过，你们都曾发过毒誓要永远忠于他，哪怕他已经死了！”吕蒙继续说下去，同时目光从他们的脸上挨个扫过，“不过，在我带你们履行使命之前，你们还有最后一次反悔的机会，有不愿意送死的，有愿意追随大都督而去的，到对面那个山谷去！”他说着，便举起手里的大刀，朝那秘洞的对面——一座三面环山一面临水的山谷指了指。“实不相瞒，那里有九十八杯下了毒的美酒，还有一个看不见底的深潭，你们可以在那里干干净净、舒舒服服地了结自己！”

死士们依然目不转睛，目光死死地盯住吕蒙，几乎连骑马和握着武器的姿势都没有变化。

“为什么不能放你们走？因为大都督说过，这是从一开始就说好的绝密计划。不成功，就成仁！哪怕将你们全部杀了，也不能将这个计划泄露出去！”吕蒙回盯着他们的眼睛，一字一顿地道。

马上的孙权在心里点了点头，心想这吕蒙虽勇猛，倒也是个心细之人，怪不得周瑜会青睐他。

“不愿意出征的，出列！”

“不愿听命于我的，出列！”

“怕死的，出列！”

孙权听见吕蒙在队伍前面不停地发号施令，心里暗暗觉得好笑，不愿意出征、不想听命于他，和怕死，难道不是一个意思？不料不等他笑完，突然看见一个黄脸汉子从马上跳起来，边举起长枪边大声喊道：“大都督死了，我们该听谁的，你说该听你的，你有什么……”更没料到的是，不等他的话说完，已有一把匕首飞到了他的后颈，他头一歪，立刻从马上栽倒在地。孙权一愣，马上想到，吕蒙这样做也有道理，“以其人之道还治其人之身”，对付这些人只有如此。不料他却再次错了，飞出匕首的却不是吕蒙。因为他看见吕蒙气急败坏地走到了队伍中间，厉声喝问：“谁干的？给我站出来？”

于是立刻有个长着麻脸的短腿汉子走了出来，承认道：“是我！”“谁让你杀他的？”吕蒙继续厉声喝问。

“没有人！我杀他是因为他违背了誓言，我们答应过大都督，他的乌箫在谁手里，就听谁的命令！”那汉子答。

“出列！”吕蒙对那汉子道。

那汉子莫名惊疑道：“我不怕死，也愿意听命，为何要让我出列？”

吕蒙只是朝那骷髅少年摆摆手，立刻就有近前的两个死士将那汉子从马上拉下，往山谷那边押去。直到背影消失，还听见那汉子纳闷地叫喊声：“为什么？为什么要处死我？违背誓言的可不是我！”

众死士依旧面无表情地望着吕蒙，浓妆和面具遮住了他们所有的真实表情。

“为什么要处死他？因为他忘了，从操练头一天起我就强调过的，从出征的那一刻起，没有我的命令，谁也不许对自己人下手！”吕蒙对着众死士威严道，“不仅如此，我还要再次重申，从此刻起，你们不再是大都督的囚徒，而是江东的义士。攻下荆州之后，主公不但会大赦你们，而且还会让你们从影子变成真身！你们将得到梦想的高官厚禄，会和你们想做的任何一个真身一样，享尽荣华富贵！”

孙权听到这里，不自觉地微笑了起来，他飞快地拉紧了缰绳，笼住马头，悄悄从一旁的小道离开了。看样子，这吕蒙是不会让他失望的。

“还有没有人要出列？”

“既然没有，都给我听好了，前行五百米，后转，进入秘洞……”

走了很远之后，孙权还能听见吕蒙在命令队伍的声音，他听清楚了之后，立刻快马加鞭往官道走去。他已经明白，这是一支前无古人后无来者的神秘之师，如果没有意外，他可以通过他们得到天下的任何一座城池。他要是不加快点儿速度，会赶不上他们明早将大旗插上荆州城关的那一刻。

在关羽带着精兵北上章陵的当天傍晚，哨楼上的一个哨兵看见一个乡下少年，边低头卷裤脚，边从城门口蹑手蹑脚地过来。他举起望远镜朝前一望，只见一群肥肥的鸭子正穿过一片泥泞地往护城河道游来。那少年的脸上是乡下孩子常有的那种卑贱又胆怯的神情，他大概既想将鸭子赶回去，又害怕哨兵们发现，因此才走得那样可笑地小心。这让那哨兵高兴得吹了一声口哨，立刻，他身旁的两个哨兵领会了他的意思，迅速聚拢到他身边。他们眼睛盯着那群肥鸭，鬼鬼祟祟地商量了一会儿，便朝那少年招手，急急忙忙地叫道："小子，过来，快过来！"

那少年也和他们之前遇见的乡下孩子一样，听见有兵士叫他，吓得撒腿便往前跑。可跑了一阵之后，听见那其中一个哨兵喝令："站住！把鸭子赶进哨楼，不然一箭射穿了你！"吓得立刻站住，又四顾周遭，发现没有任何可以藏匿的树木与砖瓦之后，只得硬着头皮看了他们一眼，然后慢吞吞地赶着那群肥鸭往哨楼走来。看见他那畏缩怯弱的样子，其中一个哨兵甚至和另两个打赌，这胆小鬼肯定吓尿了。这孩子真没出息，他这么大的时候，都应该在山里打死过一头熊，那哨兵眯着眼睛自我吹嘘道。

"嘎嘎嘎——"

眼见鸭群离哨楼越来越近，那两个听吹牛的哨兵不耐烦，朝他们的同伴哂笑一声便跑到门口去了，想到马上会有一顿鲜美的鸭餐，那吹牛的哨兵也忍不住离开了自己的哨卡，兴奋地跟了过去。几乎是同时，他们三人都违背了自己的职守。这在大战之前是不可想象的，在上将军还巡关的时候也是不可想象的。可是大战结束了，他们打了大胜仗，江东的将士几乎被他们全部击毙，还有上将军带兵北上了。荆州城固若金汤，而他们正好也可以稍稍喘息一下。

那少年在三个哨兵的指挥下，将鸭群百般不情愿地赶进哨卡。整个过程，那三个哨兵都在嘻嘻笑着，那肥鸭足有一两百只，够他们三人吃一两个月了。他们一边忙着逮最肥的鸭子，一边往外赶那精瘦少年："去去去！还待着干吗？等着兵爷给你钱不成？"还是那个发现鸭群的哨兵，他是个有名的急性子，见那少年不动，便伸手去推。潜意识里他担心出去晚了会被城楼上的甲士发现，到时这群鸭子要被捉去一半……

就在他的手快碰到那少年肩膀的时候，他突然用两手捂住肚子。就在他招呼那少年的时候，对方突然从袖口里甩出一柄飞刀，那飞刀插入他肚子的速度，几乎可以与昨天夜里暴雨前的一道闪电相媲美。他立刻闷哼了一声，倒在了地上。

等到另两个哨兵从满楼的嘎嘎嘎声里抬起头，惊恐地注视那倒下的同伴时，他们的脖颈里已经同时挨了两柄同样的飞刀。

那三柄飞刀的刀柄上，都刻着一个小小的"吕"字，显然，它们都是吕蒙在鬼城度过的无数个寂寞的夜晚，用来打发时光的手工艺品。

不知道是嘎嘎嘎的鸭群引起了注意，还是这三个哨兵的同时消失让他们更多的同伴起疑，就在那少年准备从哨楼底层溜走，又有近十个哨兵从哨楼上下来了。听到他们的脚步离哨卡越来越近，那少年从怀中掏出一个骷髅面具戴上，猛地打开了门。第一个进门的哨兵见了那面具，刚一发愣，一柄飞刀已经插上了他的喉咙。不等第二天哨兵猛扑过来，那骷髅的嘴里突然飞出两支飞镖，直戳对方的眼睛……第三个、第四个……第十个，不到一会儿工夫，十多个训练有素的哨兵都在未来得及看清他的飞刀来向之前，倒在了血泊之中。

不一会儿，哨楼的大门打开了。那乡下少年再次出现在了城门口，和进来之前相比，他的身上多出了几点不仔细看根本看不出的丝丝血迹，还有，谁也不知道，他从什么地方找到的一只油汪汪的鸭腿。只见他边啃鸭腿，边对着对面远处一丛厚实的芦苇荡大咧咧地喊道：“哎，过来吧！”

顿时，顺着他的声音的方向，一片茂密的芦苇荡边冒出几个密密麻麻的黑点，渐渐的，那黑点如鸦雀的脑袋越来越多越来越密。不过和鸦雀不一样的是，随着那黑点的增大，那些脑袋没有发出任何聒噪。他们悄无声息地跟着吕蒙，跑出芦苇荡，冲向哨楼，从那十几具倒在地上的哨兵的尸体旁穿行而过，朝不远处的城关水门奔来。

显然因为走得匆忙，关羽没来得及清理大战的战场。瓮城的角落里，隐蔽的草丛中，随处可见吴军将士破损的头盔、断裂的长枪；城墙上、河道里，零星散落着伤亡将士的残肢断腿；尤其是水门前的水道上，那些巨大的吴军战船，犹如战死的将士正裸露着可怕的残骸，面朝天空仰望。吕蒙与十多个死士悄无声息地摸黑上船，在一片片残骸中急切地摸索着、寻找着。从他们脸上严峻又焦急的神情看，他们要找的，是一种至关重要的武器，如果找不到它们，他们就不能很快进城，而十几个哨楼士兵被杀，很快就会被城墙上的守军发现。一旦发现，守军们就会警觉防备起来。到时，即便他们有三头六臂，也不可能同时对付八千人，虽然这八千人都是老弱残兵。

“找到了！”第一个叫嚷起来的是已故大都督周瑜的“影子”，那个爱穿白色长衫的白衣人。这是一个和周瑜一样喜欢矜持微笑的家伙，因为头脑缜密、举止灵活在死士们中间存有极高的威望。他说着又朝吕蒙举起一个座椅状的弓弩。“应该就是这个东西吧？让我来先试一试！”他说着，便研究起那弓弩下的两个圆形的按钮，又弯下腰试图坐进那弓弩内。

吕蒙一声不响地盯着他的脸，就在吕蒙宣布攻下荆州后，各人都可以做回自己的真身之后，众死士都拿下了面具，卸去了妆容，唯有他，还固执地戴着和周瑜一模一样的面具。

众死士也自发地围到他身边，不发一言。谁都知道，这新式武器是大都督周瑜亲自设计，然而，也仅仅是设计，因为时间紧迫，也为了减少不必要的伤亡，还没有人来得及真的用它飞起来过。

“下去，我来！”吕蒙板下脸，走到“周瑜”身边，一把夺下那座椅似的弓弩，对“周瑜”道，“你们都到后面，等弓弦完全压满了，再按下按钮！”他又交代周围的死士们，然后便眯起眼睛，聚精会神朝前方黑黢黢的城关凝望着，再也不发一言。

众死士们却没有听从这条命令。他们用比火焰还要灼亮的眼睛互相对视着，最后，他们的目光在“周瑜”的瞳孔里聚成了一个晶亮的点。

“周瑜”走到了吕蒙的跟前，并且第一次弯下腰去，作了一个过于拘谨的长揖。

“将军，我从来没有向您请求过什么，请您允许我做第一个飞起来的人吧！你可能还不知道，我最热衷新奇的玩意儿！”

他这样说着，长长的腰身却迟迟没有直起，似乎在说，如果您不答应，我就这样和你僵持到天亮。

吕蒙没有回答，只闷声“哼”了一声便站了起来，将那弓弩座椅让给了“周瑜”。事实上，他自己心里明白，一旦试飞不成功，他死了或者受了重伤，荆州城也就成了咫尺天涯。

“周瑜”微笑着坐到巨大了弓弩里。吕蒙则和死士们一起，蹲在了座椅后方。巨大的弓弦被拉紧、拉紧，眼见就要到达最饱和的限度时，左右两个死士按下了圆形的发射按钮。

这是一种奇怪的，既像子弹飞出又像有什么巨形物体脱落的声音。吕蒙心里暗叫一声不好，果然，不待那声响停歇，其中一个圆形按钮已经“嘭”地弹出，打在了其中一个死士的脸上。

“老大——”

吕蒙听见那个和白衣人交情最好的黑脸汉子——原先自称是吕蒙的死士大叫一声，然后便与几个死士一起跳入河中，往城门口的方向奔去，便知道凶多吉少，“周瑜”出事了。

在弹射按钮按下去的瞬间，那张开双臂的“周瑜”是飞起来的。不过，因为那按钮安装得过紧了一些没有被按到位。因此他没来得及打开手臂与身体之间的那片皮翼。他没有真正地飞起来，而是过早地落在了城门前的标杆上，被高高的旗矛穿胸而过！

吕蒙和众死士跑到他身边，他们用胳膊托起他的脑袋、双腿、手脚，试图将他抱回船上。可是锋利的旗茅从他的前胸一直穿到后背。很快，他全身所有的部位都浸满了鲜血，他的血液眼看就要耗尽！

吕蒙伸出手臂，去试探伤者越来越弱的鼻息，脸上露出感激又哀伤的神色。众死士默默站成了一个圈，将伤者围到了正中央。

“别管我，你们——快去攻城！”那“周瑜”用微弱的声线悄声道。说着，他又用眼睛找到吕蒙，对着他微微一笑。

吕蒙默默地垂下眼睑，不忍再看下去。除了装扮之外，此人还和周瑜有个关键的相似点，就是看人时洞悉一切的眼神。

“大都督救过我的命，对我又有知遇之恩，我为他……死而无憾……”

不等吕蒙回答，他垂下了举得高高的指向城关的手，永远地闭上了那双酷似已故大都督周瑜的眼睛。

半个时辰之后，吕蒙和众死士先后坐上了那把弓弩座椅，由两名高大壮实的死士拉满弓弩，将自己朝百米之外的荆州城关“射”了出去。

“跟着我！不管发生什么，决不能发出一点声音！”吕蒙在黑暗的夜空中厉声道。

和往常一样，众死士用沉默应答。但吕蒙知道，这就是他们的肯定答复，而且他们绝不会食言。

他们在空中迅速打开手臂与身体之间的那片皮翼，像蝙蝠般在夜空滑翔，越过高高的荆州城头，落入了城内。可惜又有两名死士因为没有及时掌握好平衡，落到了城中庙宇屋顶的尖杆上，和“周瑜”的影子一样，被尖尖的旗矛穿胸而过。他们也和他一样，至死没有发出一点声响。

吕蒙在落地的瞬间，便双手连掷飞刃。他身后跟着的十几位死士，也纷纷摸向自己的腰间、后背，那里早就藏好了几十枚涂满剧毒的暗器。顷刻间，守军甲士们纷纷抱头倒地，哀号一片。

吕蒙且战且走，及至抵达东边瓮城之时，胳膊和右腿已经同时中了两箭，有两个躲在城墙暗孔后的弓弩手还暗中瞄准了他。凭着第六感，他知道自己正处在敌人的准星之中。可是他继续若无其事地走着，除了穿过瓮城打开城门，他没有别的选择，城外的一大批死士，正沿着城墙拼命地往上爬，而城墙内的弓弩手们，正盯着他们的后胸和脖颈，随时准备让他们一箭毙命，摔下城墙……

因为他们在摸索弹射器上多花了工夫，守军们已经醒悟过来，他们在这很短的时间内迅速组织，组成了战阵，朝城外的死士扑了过去。而那些死士不得不提前行动，边用手里的武器抵挡，边爬上城墙，试图凭一己之力攻上城关。

而此刻城内的荆州将军府、兵营、殿堂、庙宇、街巷、井畔……随处可见死士们与守军的恶斗。这些死士是好样的，正如周瑜所言，他们个个喜好攻杀，勇猛异常，打不死、砍不烂，根本不把死伤当回事。可即便如此，吕蒙还是一眼看出，他们长时间一人对付数十乃至上百人，已露出了寡不敌众的疲态。

只有穿过战阵，躲过城墙暗孔内的狙击手，打开城门，迎接大批死士入城，才有可能在天明之前将江东大旗插上高高的城关。吕蒙这样想着的时候，受伤的右腿已经一瘸一拐地往城门口迈去。他一门心思要首当其冲身先士卒，竟没有注意到有几个死士正竭力摆脱敌军的纠缠，慢慢地在向他靠近。自进驻鬼城之后，吕蒙教给他们战法，教会他们战术，却出于某种自傲的心理，没有训练他们在关键时刻如何保护自己。

“嗖！”

就在吕蒙突破战阵，一边鏖战一边往城门口突破时，一支涂着绿色汁液的箭矢像长了翅膀似地朝他飞来，这是瓮城秘洞中一个经验丰富的弓弩手的杰作。

那箭矢离吕蒙越来越近，眼见即将飞入吕蒙的胸膛，那秘洞口的弓弩手露出得意的微笑。

然而，忽然之间，像弓弩手的胳膊发生了抖动，又像那箭矢在空中发生了某种移位，中箭的却是往目标旁边奔跑而来的另一个方脸大汉。那人黢黑面色，卧蚕眉，一对铜铃似的大眼，这人……远看是吕蒙，近看，却不是吕蒙！他是吕蒙的影子！

另两个死士从吕蒙的肩头一跃而起，他们即刻转身，朝箭矢飞来的方向回击。一瞬间，一柄窄如柳叶的飞刀不偏不倚插入弓弩手的右眼，那人惨叫一声，滚倒在地。

“你这是何苦？”吕蒙将倒在地上的“影子”抱在自己的胸前，喃喃道。他抱得那样自然，似乎他真的和自己的影子重叠在一起。“我告诉过你们，等拿下荆州，可以和我、和大都督，和你们想做的任何一个真身一样。难道你忘了？”他苦笑着，看着影子眼中那渐渐黯淡下去的亮点，再一次感到了感激与哀伤。

那影子也笑了，露出吕蒙第一次在鬼城见到他时的狡黠。

“我这样的人，天生就该是别人的影子。喜欢黑暗，没有重量；来去自由，无牵无挂……”他平静地说着，又对吕蒙莞尔一笑，露出老鼠般尖利的牙齿，而后，便任由那两点光芒在眼中永远地凝滞了。

吕蒙狂叫一声，扔下那影子，和一帮从后面赶来的死士冒着枪林箭雨往城门口奔去……

第 十 章

关羽之死

无疑，吕蒙和死士们遇到的顽固抵抗是在破城之后。那已是下半夜，一轮圆月挂在高高的城关。如果有人有闲情欣赏，会发现那晚的月色真是美极了。像披着薄纱的雾霭，像给坚固的城墙涂上了柔软的奶油，又像在地面和屋顶铺满了银钱。吕蒙穿过瓮城打开城门之后，城外的死士们像一群疯子般蜂拥而入。顿时城内的守军大乱，他们先是被从天而降的吕蒙吓着了，后来又被死士们不要命的断杀方式所惊骇，一时间到处是惊慌失措的喊叫声、不顾一切的逃跑声。就在吕蒙暗中叹了口气，以为战斗很快就将结束时，城关上响起了一声严厉的呵斥："休慌！不过是几个会三脚猫功夫的绿林小贼！都跟我来！"说着，那人便便高擎"关"字大旗，驾着一匹鬃毛雪白的战马从城关上冲了下来。

借着雪白的月光，吕蒙仔细打量他棕黑色的长脸、中等个头的身躯和始终不着力的右腿，立刻断定这是一个受了伤的无名老将。无名是因为吕蒙从未见过或者听说过，老将则是因为他熟稔的骑马和冲击的姿态。关羽也真是太大意了，竟然留下这样一个人来守荆州。不过，这正说明大都督计策之成功。想到大都督，吕蒙的心头突然涌起一阵悲伤，要是大都督还活着该有多好。

但是吕蒙还是料错了。是受了伤的无名老将无疑，不过那人却远非等闲之辈。他虽也认不得吕蒙，但一眼便认出吕蒙是他们的头领，立刻带着数千甲士朝吕蒙所在的方位横冲了过来。此时的死士们早已在实战中领略到了“擒贼先擒王”的战法，他们立刻不动声色地，从四面八方朝吕蒙远远地围了过来。那老将自然看出了这一点，但是很奇怪，他不停地呵斥他的甲士：“抓住那个头领”“进攻”“后退者斩”，似乎完全无视他们的伤亡。吕蒙以为他是太急于生擒自己了，不料这其中却另有陷阱。就在三五十个死士快要围聚到他身边时，他忽然眼前一黑，等到反应过来，发现自己和所有的死士都被困在了一个巨大的铜罩之中。

吕蒙震惊极了，也纳闷极了，他完全没有注意到这个武器从何而来，更不知道如何从铜罩中脱身。听着铜罩外面的欢呼，他和死士们陷入了死一般的沉默。“莫慌！”他才勉强开了口，就突然感到大臂一麻。他暗叫一声不好，突然想起曾为赌射的将军们看管鸟网的经历来。那些天性急躁的鸟儿一旦入网，常常在焦虑绝望之下对啄。显然这些死士都是焦躁之人，加上天生嗜血，马上他们就要在铜罩中互相厮杀起来。果然，吕蒙很快听到了叫骂声、喘息声，然后是沉闷的刀枪声和压抑的呻吟声。“住手！”他厉声呵斥。可没有用，虽然没有人说话，可刀枪声和呻吟声依然在持续。“住手！违令者斩！”他在黑暗中怒吼着。可太晚了，渐渐稀薄的空气已经让死士们嗅到了死亡的气息。他们一声不吭，手上的武器却更加疯狂地寻找着同伴，他们似乎在帮彼此解脱，又似乎从中寻到了往日的快乐。

在无可摆脱的疯狂中，吕蒙也感到了一种致命的窒息，他感到自己也快要死了。他眼前浮现出大都督的身影，他无法替大都督报仇了，想到这里，不由得歉意地摸了摸怀中的铜箫。可是他的手一触到铜箫，却不由得打了个激灵，从绝望中清醒过来。

他将那铜箫凑到了嘴边，骤然吹响了它。那箫音在铜罩里有些奇怪，可能是铜遇到铜的缘故，那声音不像吕蒙一个人在吹，倒像有无数个大都督在铜罩的各个角落里应和。

果然，那箫声让激动的死士们平静下来，他们在黑暗中屏息着，等待着，似乎大都督真的活转过来了，而且就在他们的中间。

“大都督有令，拿起手里的武器，从底部抬起铜罩，预备——起！”吕蒙用比铜罩还要沉重的声音命令道。

“嗬——”“嗬——嗬——”

那无名老将没有想到，那重达一两吨的铜罩就这样被抬了起来。他难以置信地望着吕蒙和那些满脸血污的死士，没等他和他的甲士们从震惊中回过神来，那些形同鬼魅的死士已经朝他猛扑了过来。

那老将死得十分悲惨，他的心肺被挑出，眼睛被挖空，不过他却不是因此而死，而是被置于铜罩之中，死士们“以其人之道还治其人之身”，他们将他抛进了那个铜罩，让他在发狂的窒息中衰竭而亡。

吕蒙看着那群死士这样折磨那可怜的老将，并没有出面制止。他能明显地感觉到，自己的心正越来越硬、越来越冷，不过是短短的几个月，他已经快和这些死士打成一片。

当月亮在高高的城关西边渐渐落下去时，吕蒙披上了冰冷的盔甲，并命令身后的五名死士也照他的样子穿上。他们很服从地照做了。从那个守城的老将死去，其他的甲士们在逃跑中被集体击溃之后，他们对吕蒙的态度发生了一种微妙的转变。虽然还是不说话，可从他们渐渐缓和下来的目光和慢慢变得灵活的举止来看，他们正似乎从黑暗走向白天，正在完成从影子到真人的转变。吕蒙感觉到了这种转变，他本以为在这一刻会为他们高兴，可是奇怪的是，他却什么感觉也没有。他开始变得像他们一样沉默。为了掩饰这沉默，他让他们穿上盔甲，和自己一起并肩仰望着天边涌动的朝霞，一起迎接新的清晨的到来。

那是什么样的霞光啊，刚刚还是黯淡冷峻的墨黑，顷刻间就变成了神秘莫测的青紫，在以为光明即将到来时，一团镶嵌着金边的乌云又漂浮而来。直到天色完全大亮，朦胧的晨曦像乱云一样飞去，那霞光才光芒万丈地散发开来，照耀着这雄壮如铁的城关。

在听到传令兵传出的第一道“开城门”的命令时，吕蒙便亲自跑到城门口，轰隆隆打开了城门。

城门前，孙权骑在那匹枣红色的战马上，威严又安静地等待着。显然，他在这里站了不止一刻。很有可能在他们激战时，他就已经等候在这里。他是有耐心的主公，也是信守承诺的主公。

那五名死士身着盔甲，神色平静地凝望着孙权。那盔甲掩盖了他们身上的累累伤痕。在见到主公的那一刻，他们跟在吕蒙身后，纷纷扔下手里的断剑与残刀，深深地弯下腰去。

“禀主公，城中守军全部歼灭，请主公入城。”吕蒙沙哑着嗓子，向孙权作了一个长揖，幽幽禀道。

孙权的目光在吕蒙的脸上略一逡巡，便转到他身后五个死士的脸上，他毫不掩饰眼中的惊讶，颤声问：“就剩下你们五……”

就在他的话音将落未落，吕蒙应身看望身后死士之时，吕蒙左后侧的骷髅少年忽然“噗”地倒在地上，褐色的血液从他盔甲的领口、袖口流溢了出来，他受伤时间过久，又始终没有得到医治，这时终于支撑不住，倒在了地上。

孙权一怔，随即就他没有说完的话，补充道：“……四人了！”

吕蒙喉头一热，立刻再次弯下腰去：“是的！主公。”

孙权一言不发，只坐在马上微微颔首。他边挥动手里的马鞭，边吩咐身边的侍从：“设宴，款待入城的将士！”言罢，便飞快地策骑入城，往高高的城关方向去了。

吕蒙有点不相信自己的耳朵，他忽然听见身后传来了四声“扑通”声。那四名死士竟相继跪倒了下去——朝着孙权远去的方向。在吕蒙看来，这声音和他第一次看见他们惨白的脸、血红的眼睛一样，真是说不出的可怜又可怖。

因为城内还到处都是断肢和残尸，那些或陈旧或新鲜的血液像一汪汪雨后的水泊。孙权款待死士的宴会也就显得特别的简单和局促。那几个简单的菜肴和几杯满满的烈酒就放在城关之下的后殿里。当吕蒙带着四个死士走到这里，突然没来由地一阵心跳。这里是如此熟悉，好像自己不但来过，而且住过很久似的。当吕蒙将这个感觉说出来，那四个死士也显然认同，他们用眼神向吕蒙确认了这一点。而吕蒙从他们恍惚得如同睡梦的眼睛里，又立刻意识到，岂止是后殿，这正殿、古庙，甚至连这城门的格局，都完全和他们常住的那个地方——鬼城一模一样。是的，这一切都在大都督事先设计的计划之内。一切都清晰了，明白了，鬼城，大都督，他们之前的罪案———切都是为了现在，此刻！

他们走入后殿之时，主公孙权已经坐在鬼城中吕蒙吹箫的王位等着他们，那王位的左右两边，各设两具长长的酒案，每一具的酒案下方，都设了三人的座位。吕蒙和四名死士在再次行礼之后，依照等级资历坐下了。

“士为知己者死！第一杯，我替大都督敬你们！”孙权站起身，像一个儒雅的将军，更像一个敦厚的长者，缓缓端起面前的一杯酒，朝左右两边殷殷示意。

吕蒙和众死士仰起脖子一饮而尽。

“第二杯，我代表江东的百姓，敬你们！你们拿下荆州，江东从此无虞！”孙权再次端起杯子，靠近自己的唇边。

吕蒙和死士们再次仰面饮尽。

不知道是不是过度疲累引发的幻觉，吕蒙忽然觉得那四个死士的脸惨白得厉害，还有他们的双手，在放下第二杯酒杯时几乎同时哆嗦了一下。而吕蒙自己，却没有感到任何异样。

“第三杯，是我敬你们，愿你们来世生在清白之家，或驰骋疆场或耕读传家，纵不得荣华富贵，也享尽平和安宁！”孙权的声音如杯中美酒般清醇，目光似值守的将士在众死士的脸上逡巡。

吕蒙眼见那四个死士颤颤巍巍地站起身来，一边用比死亡还要可怖的眼神看着自己，一边以指代剑指向孙权，那凶恶愤恨的样子，似乎要将两人碎尸万段之后还要撕成肉片。他不得不霍地起身，涨着一张红得几乎出血的脸，用激动又愤慨的语气对孙权喊："主公……我答应过他们，拿下荆州之后您会大赦，他们会和我一样，得到您的赏赐和官爵……"

"我答应过吗？"孙权冷冷地盯着他的眼睛。

吕蒙一愣，随即又想起了什么，急着继续喊道："大都督，大都督答应过他们，他告诉过我……"此时此刻，其实他已经记不清周瑜到底是怎么跟自己说的，是死士们一厢情愿这样以为，还是周瑜顺势利用了他们，随着大都督的离世，这已是一桩永远无法弄清的悬案。他自己也很快意识到了这一点，不再往下说了。

"难道大都督没有告诉过你，这是一项绝密计划，成败与否，都绝不允许更多的人知道！"孙权移开了他的视线，神态威严，语气不容置疑道。

吕蒙彻底愣住了，他突然想起来，这正是自己带领死士出征前对他们说过的话。他以为，这更多的人不包括死士们，可是现在，他突然明白了。而且他又想到，他自己是不是也在这些人之列。他怔怔地看着孙权，一句话也说不出来了。

殿堂里是死一般的沉寂，那喝了毒酒的四名死士已经倒在地上默默死去。因为不甘心，他们临死时的眼睛瞪得特别大，扭曲的脸上满是受骗上当后的愤怒与仇恨。有的甚至还拔出了身上剩下的一只匕首，准备往孙权所在的王位飞掷。吕蒙看见这些，叹息一声，无声地垂下了头。

"吕蒙啊，你要记住，有白天就有黑夜，有阳光就会有影子。不过，黑夜终归是黑夜，影子终究是影子！”孙权将吕蒙神情的变化看在眼中，不失时机地道。

吕蒙沉闷地“嗯”了一声，他在暗中揣度，在主公的眼中，自己的使命是不是已经完成，该主动请辞，还是该像大都督一样，在某一次战役中主动献出自己的生命。

“不过，你现在不该为这些已经过去的事情分心，我还有一件更加重要的任务交给你！”孙权似乎看出他的心事，盯着他的眼睛道。

吕蒙一惊，忙向孙权再度弯下腰去：“请主公吩咐！”

“活捉关羽，或者杀了他，如果他不愿投降的话。”孙权目视前方，似乎看见关羽正走投无路，被吕蒙活捉，吕蒙如何劝降，他却始终要忠于刘备，不肯就范的情景。“当然，如果可能，还是把动手的机会让给曹军。”他最后又这样补充道。

“领命！”吕蒙答应道，并立刻面色激动地转身，作为一个天生良将，他已经完全忘了刚刚还在脑中盘旋不已的顾虑。想到能活捉或者手刃关羽，他浑身的血液再次沸腾了。

吕蒙带着五千精兵出发时，已是荆州的正午时分。连连战事，让郊外的树丛和野草几乎被人马踏尽，城外的大道上到处是飞扬的尘土。当主公孙权带着侍从前来送行时，吕蒙没有感到吃惊。他知道，此次围剿关羽和攻打荆州不同，他需要旗号，需要师出有名。

“吕蒙听令，即日起，命你继任江东大都督。并率我军五千精锐，北上围剿关羽！”孙权旁边的侍从在宣读命令。

“领命！”吕蒙朝孙权弯腰作揖，并准备接受兵符。

然而，就在孙权取出兵符，准备授予吕蒙之时，却听见一阵“丁零”的宫车驰近的声音。两人同时抬头望去。果然，从宫帘中露出一张熟悉的女子的脸。

“丫头——”孙权失声道，同时将手里的兵符交给吕蒙。

吕蒙突然扑通一声跪倒，孙权一惊，忙伸手去扶，却惊讶地发现，他所跪的方向并不是朝向自己，而是朝向青萍——那个冰冷着面孔朝他们笔直走来的女儿。

事实上，自从被他削去双手，他就再也没有见过这个任性的女儿。倒不是他故意回避，而是实在没有工夫。在荆州和关羽尘埃落定之前，他没有心思处理任何和内心的情感相关事宜。

“你让我在荆州等你，我来了！”青萍依然没有表情，她走到吕蒙身边，好似完全没有看见她的父亲。

吕蒙不敢看她，腰却伏得更低了。

“我们走吧！”青萍也弯下腰来，轻声对他说，“你答应过我的。”

吕蒙的整个上半身都伏倒在地，他依然一声不吭。

“丫头，你过来，为父有话和你说……”孙权不得不再一次开口，主动对青萍道。

青萍无言地朝他走来，她的脸像冰雪清冷透明，眼睛里似乎空无一物，又似乎盛满了满满的蔑视。

孙权叹息一声，知道要和往常那样边凝视她的眼睛边笑嘻嘻地和她说话已经是不可能了，只得停顿一会儿之后，幽幽道：“丫头啊，为父说过要送你一位夫君！此人稍胜于孙权，稍弱于周郎……现在，为父已经找到了人选。他就是吕蒙，我已经任命他继任江东大都督，都督府就设在荆州。”

不管怎么听，孙权的语气里都有一缕讨好的意味。这一点连吕蒙都听出来了。

可青萍听了，却似乎完全不为所动。她属意吕蒙，这已是江东群臣众人皆知的事实，她明察秋毫的父亲不可能不知。他现在说这些，和当时他把自己作为礼物，送给他，又有什么区别？不过是把本来属于她的东西，再次送给她罢了。

不过，她已经不是以前的青萍，父亲也不再是以前的父亲了。她再也不可能像以前那样，和父亲撒娇卖痴、谈笑晏晏了。

当下，她也就并不回答父亲，而是默然一会儿之后，再次将空洞幽远的目光从孙权身上移开，落回吕蒙身上。然后，又一言不发地走到他身边，仰起那张青白的脸，再次重复道：“我们走吧！”

吕蒙抬起头来，用卑怯又怜爱的目光，可怜巴巴地望着她。

“他现在还不能跟你走，我已经交给他另一项紧急的任务，他得离开荆州，到北边去。”孙权不得不为吕蒙解围。

青萍一怔，随即神色一凛，脸上的清冷之色更加清冷了。她什么也没有说，便往一个骑兵旁边的一匹坐骑走去。

吕蒙立刻明白了她要做什么——她这是要送自己一程，忙一个起身往坐骑的方向奔去。在青萍抬脚跨上马鞍之前，他在她面前再次跪下了。青萍也很快明白了他的用意，她踩着吕蒙的膝盖、吕蒙的手掌、吕蒙的肩头，终于登上了坐骑。

孙权再次颤声道："女儿……"

青萍却没有看向父亲，她只是动情地凝望着马下的吕蒙。他弯腰驼背，右腿一瘸一拐，脸上还残留着的格斗留下的瘀青，他在上一场战场受的伤还来不及痊愈，就要立刻投入到下一场。而他，就是自己未来的夫君。

吕蒙牵着那骏马的缰绳，往队伍中缓缓走去，所到之处，将士们纷纷闪避。

孙权目送他们渐远的背影，不由一叹。

吕蒙似乎听见了那声叹息，突然回过头来，沙哑着声音喊道："主公放心，我会照顾好郡主的。"

孙权犹豫片刻，随即转过身去，跨上坐骑，往荆州的城道上驰去。

他是东吴的主公，他没有权利多愁善感，也没有工夫为一双已经失去的断手难过，虽然这双手的主人，是他最宠爱的女儿。他这样想着，便逼迫自己再次放眼，凝视这威武雄壮的城关。这让无数英豪觊觎痛恨的荆州啊，曾让他多么魂牵梦萦、寝食难安。如此，在举全国之力，折损无数大将，耗尽一切代价之后，终于回到了他的怀抱。他有多少个理由感伤，就有多少个理由悲壮，不，他偏不，他要满怀豪情，将江东的版图无限扩大。西边，要抢夺西川；北方，要直取曹操的老巢许昌……不料，当他正在马上畅想无限时，突然听见"咣当"一声，那马蹄突地一抖，一个大大的趔趄之后，才终于重新稳住身子。他诧异地低下头来，发现原是那畜生踩中了一支铜质长枪，就是应他的命令，由那套古老的编钟融化而成的大型箭矢。

孙权心中一动，那一直让他感到内疚，却又无法言说的痛苦，突然找到了解开的症结。他忙命侍从掉头，自己又勒住笼头，转身往吕蒙所去的方向疾驰。

半个时辰之后，出征的队伍听到了传令兵的禀报，吕蒙勒住青萍坐骑的缰绳，默默地等待着，他不知道，等待他的会是主公什么样的命令。不过，这对他来说已经不再重要，他已经得到了对他来说最珍贵的——青萍。

可坐在骏骑上飞奔而至的孙权，却完全没有注意到他的存在，他径自驰到青萍的跟前，用兴奋又紧张的语气道："丫头啊，为父答应过你，得到荆州之后，要送你一套更壮丽的编钟！"说着，也不等青萍回答，便卸下背上的那只铜质长枪，示意道，"你看，回头我立刻就令人收回枪箭，重新铸造！"

说完，他便满怀期待地看着青萍，他期待着她脸上的冰雪能够融化，哪怕只有微小的一角。他期待着她可以看他一眼，哪怕那眼神里充满痛苦与怨恨。

可是没有，在听完他的一番话之后，青萍的脸色突然变得惨白。如果说，之前她的脸像覆盖着一层冰雪，那么现在，它则被蒙上了一层惨白的绢丝。

吕蒙也完全愣住了，他不知该如何向主公解释青萍脸色惨淡的原因。这原因他是立刻就明白了，所有在场的人也是立刻就明白了。

幸好，这尴尬的沉默没有维持多久。因为青萍默默向父亲举起了她的双袖。那雪白的绢丝做成的袖子褪下之后，露出两只光秃秃的断腕。

孙权一震，不由得踉跄着后退了两步，手中的长枪"咣"地落在地上，颤声道："呵……为父忘了！钟有了，手却没了！"

吕蒙望着青萍的宫车渐渐隐没在送行的队伍之中。在那队伍最前方，是主公孙权背负那支铜质长枪的身影。吕蒙知道，虽然断手的青萍已经用不着编钟，可夺取了荆州之后的孙权，他自己可能很快就需要了。

吕蒙赶上关羽的部队已经是半个月之后的事了。这半个月里，关羽在章陵和襄阳遭到了曹仁的重兵出击。但是，关羽并没有败绩，曹仁难当其锐，且战且走。在闻知战事胶着之后，曹操又派来增兵徐晃。徐晃大军一到，得知消息的吕蒙立刻率领孙权拨给的五千精兵，与之协同呼应，这让腹背同时受敌的关羽再也抵挡不住。要知道，从周瑜攻打荆州开始，他已经连续激战了半个月之久。尤其是在当他得知荆州已失，而攻城者为吕蒙带领不足百人的死士之后，更是痛急攻心、悔恨交加，加上时至今日，关羽已届暮年，虽犹有万夫难当之勇，可终究不复千里走单骑的盛年。终于，在荆州郊外的麦城，他和他不足千人的部署，在一个大雨滂沱的雨夜，被东吴的甲士们团团围住。

“报，关羽正在不足十里外的帐中休息，随行将士只剩下五百余人！”一个传令兵朝马上的吕蒙疾驰而来，不疾不徐地禀报。

“哦！五百余人？那细作看清楚了？没有分兵到别处？”吕蒙问话的语气虽有疑问，可整个人却警觉地兴奋起来。这兴奋感是这样强烈，以至于他胯下的战马都感觉到了，因为它突然撅起了屁股，准备往远方奔腾而去。吕蒙忙一把拉住笼头，那战马只得在原地朝各个方位徒劳地转圈。

“看清楚了，没有！”那传令兵答。

吕蒙放开马缰，由着那战马往前奔跑了一会儿，又不动声色地勒住，转了一个方向，继续由着那畜生欢腾。就这样，来回奔走了好几个回合之后，吕蒙突然在马背上定住了身子，像想起了什么似的，对那传令兵道：“换周字旗，取主公劝降书送关羽！”

他话音一落，那传令兵即领命而去。吕蒙从马上下来，站在原地静静思索着。他在回忆昨天夜里收到主公从建业送来的劝降书。那劝降书是那样写的：“闻上将军为曹仁、徐晃所困，特派大将吕蒙前来相救。荆州一战，江东大都督周瑜殉国，吾不甚悲痛，上将军与荆州同归我东吴，必以礼厚之！”那劝降书里，主公故意没有提及数月前吕蒙带死士拿下荆州，而是搬出周瑜，将关羽失荆州全部归于周瑜，让吕蒙置身事外。还有，关羽明明遭遇徐晃和吕蒙的夹击，主公却说吕蒙是来救他的。吕蒙明白，这不是主公虚伪狡诈，而是因为深知关羽为人之骄矜。

关羽绝无投降东吴之可能，这一点吕蒙很清楚。可招降是主公的命令。而且几天前江陵太守麋芳、公安守将傅士仁归属东吴，不仅让吕蒙不费一兵一卒拿下了两座城池，而且让孤立无援的关羽深陷穷途。这让吕蒙不得不服。

信使很快回来了。他带回了让吕蒙震惊的消息，关羽决定投降，不过前提是东吴军必须后退十里，他将率军在南门相见。吕蒙思索良久，最终却将信将疑。大丈夫能屈能伸，关羽再英雄盖世，性命也只有一条。不投降就得死，因此投降不是不可能。不过兵不厌诈，比投降更可能的却是常见战法——诈降。因此，吕蒙在派人回禀主公之后，又急忙派人连夜深入敌后，在关羽可能逃走的路上设计重重兵马。

很快，夜晚过去了，清晨来临。石块似的大雨也渐渐停住，石针似的雨点淅淅沥沥砸落在黑灰色的城墙上。麦城的南门是一座刚被修葺一新的城门。关羽治军严谨，麦城虽在荆州郊外，可到底是荆州的门户之一。因此关羽对这里比吕蒙还是要熟悉很多。念及这点，吕蒙来到城下时，也就更加小心谨慎。吕蒙刚在城下驻扎不久，就有前锋将士来报，说远远地，已经在远镜中看见城头站着关羽的身影。那高大的身形，飘动的胡须，还有那威名远扬的赤兔马和青龙偃月刀，都犹如巍然屹立于城墙之上的一尊天神。吕蒙便立刻遣开众人，亲自骑着战马往城墙上飞驰。

当吕蒙来到离关羽百米处时，才知道那人形有诈。那身影虽逼真，却随风晃动，在零星的细雨中淋落成串的水珠。这是一个由幡旗做成的假人，是一个用来蒙骗吴军和吕蒙的人形物。然而，在吕蒙眼中，这仓促间做成的用来脱身的东西，因轮廓情状酷似关羽，竟也不可思议地威风凛凛、栩栩如生！

吕蒙没有惊慌，反而在那幡旗下静静地发了好一会儿呆。不过尔尔呀，威震华夏的关羽，为脱身竟使出这一番蹩脚的诈降！难道他真的以为这种小儿把戏能瞒过自己？可悲啊可悲！物伤其类，他竟情不自禁地可怜起关羽来。

果然，当日傍晚，吕蒙接到吴军战报，在麦城西北的临沮，关羽在小路中了埋伏，赤兔马被绊马索绊倒，关羽真身为潘璋部下马忠所擒。他闻讯之后立刻上马启程，赶往临沮。

众星掩月的夜空，吕蒙在布满露珠的青草小径上一路疾行。在一处布满沙石的空旷地，他看见了丛丛火把之下被甲士们围困在圆圈中央的关羽。他那重枣似的脸膛变得十分黝黑，似乎布满了泥灰。宽阔的肩膀微微后缩着，好像刚刚遭受过重击。没有了赤兔马座驾，他扶着那把青龙偃月刀，勉强伫立着。显然，直到此刻，还没有将士敢靠近他，更不要说上前将他押住。吕蒙问了那外围的甲士，知道关羽的随从除了分路而走的部分，已全部被吴军歼灭。

看见一身白衣的吕蒙从“周”字大纛下走出时，关羽出人意料地对他微微一笑：“你是何人？敢在此地擒我？”他说着故意挺直了胸膛，似乎仍旧有无尽的胆气。

吕蒙不解，也故意朗声道：“在下吕蒙，前来看望上将军。”

关羽露出不耐烦的神情，瞪了一眼“周”字大纛，嗔道：“什么吕蒙，不是周公瑾的旗号嘛！”说完，也不待吕蒙回答，又自言自语道，“公瑾倒是不食言呐，他说即便成了阴魂，也必来犯我荆州！”

吕蒙一怔，不知关羽是疲乏过度老糊涂了，还是故作深语以拖延时日。他大概还妄想着西川刘备发兵来救。听吴军情报，这两日来，他已向益州连发几次求救信号。

“不错，我是替大都督来践约的。您不会忘了吧，大都督和您约定，您让他死于攻城的万箭之下，而他，则要将您的头颅置于城关的将军阁上！”吕蒙眯起眼睛，打量着关羽，正声道。

“呵——周瑜的影子！你是周瑜影子，周瑜死了之后，你代替他攻我荆州，现在又替他向我复仇！好！好啊！”关羽说罢，凝神沉思了一会儿，突然又露出一缕神秘的微笑，“不过，周瑜虽命殒荆州，他的死因却并非真正因我！”他的声音陡然沉落下来，像抖落了一块坚硬的烙铁。

吕蒙闻言吃了一惊，脸色一下子变得煞白。四名死士，不，是上千上百鬼城死士惨死的身影，如同一阵鬼魅的阴风在他眼前一飘而过。没想到，关羽竟有如此意外之语，说他吕蒙是周瑜的影子。这话乍听有些奇怪，可仔细一想，却又入情入理，叫人无从辩驳。可即便此话正中他的隐疾，却又只得应着最后的话锋，勉强问道：“那大都督又是谁害死的？难道你要说是刘备，或者曹操？”问完这一句，他才又清醒过来，不无警惕地注视着关羽。关羽此刻的能言善辩，无非是要挑拨东吴与曹操，毕竟，他是被这两者夹击才走到今天这个地步。

“哼，我这两日在想，东吴既已借出荆州予我大哥，又何必急着讨回？既要讨回，当初又何必借出呢？不要忘了，当初赤壁一战，三军统帅可是你东吴周瑜啊！”

关羽的一番话，忽然让吕蒙一阵脊背发凉。惊诧之下，他急忙拔出长刀，对准关羽道：“闭嘴！我敬你是个英雄，才和你多说两句；既是将死之人，何必再出胡言！自重！”

关羽听罢，忽然仰头哈哈长笑，笑毕，又神色一凛，转向吕蒙道：“什么英雄，大丈夫各为其主罢了！来吧，取了我的颈项上人头，送给孙权那个碧眼小儿，好让他今晚睡个安心觉！”说毕，便提着青龙偃月刀往吕蒙走来。

吕蒙微微一怔，不由得后退一步，瞪着他道：“你还是不肯归顺东吴么吗？我主公亲自关照，如你归顺……”他口里这样说着，心里却在回忆出征前主公的叮嘱，如有可能，尽量将结果关羽的机会让给曹军。

“吴下小儿，休得胡言！我关某忠于汉室，一生追随我兄刘备，又岂会降尔等鼠辈！”关羽先是瞋目怒斥，继而，见吕蒙变色，又突然哈哈笑道，“呵……难不成是你主公不敢取关某性命，怕我大哥日后找东吴报仇？

嗬……嗬嗬……孙权这碧眼小儿，果然……”他话未完，只见眼前银光一闪，原是吕蒙趁他谈笑正盛、意满志骄之际，倏地欺身上前，挥动手中一口暗沉大刀，朝他颈上挥来！

几乎是同时，吕蒙身边一名偏将弯腰将在地上骨碌乱滚的头颅捡入一枚黑匣之中。随即又立刻抱着黑匣跨上近旁一匹战马。“奉主公之名送去曹营！”他边策马扬鞭，边转过身来，对吕蒙和围观的将士们解释道。

吕蒙凝视着那远去的偏将，良久，他才控制住自己哆嗦的嘴唇，喝令身边的将士们：“回吴阿，即刻出发！”

第 十 一 章

三分天下

荆州回到东吴的怀抱半个多月了，孙权却还没有闲暇仔细看一看荆州城内的风光。除了进城的当天上午，沿着城关大道一路驰骋上了城墙，绝大多数时候，他虽身在荆州，心里的眼睛却一直在窥视着北边正在进行的战事，除了战事的近况之外，他更关心的，还是这战事可能造成的后果和影响。现在战争基本结束了。关羽被擒，在拒不投降之后被杀，首级被送往曹军。一切都已尘埃落定，他方暂时闭上了内心的眼睛，将目光落到这雄壮又秀丽的城关之上。

历经这场浩劫，荆州城残破了，老旧了，好像一个威武漂亮的将军，一下子进入了垂垂老矣的可怕晚年。在各式刀枪和新式燃弹的进攻下，原先巍峨高大的城墙不再整齐绵延，因为攻守双方的全力争夺，藏有各类暗器和弓弩手的砖石被砸坏；兵营、仓库、大殿内到处是厮杀和搏斗留下的累累血迹；庙宇和城墙上的旗杆上，各自悬挂着两具死士开膛破肚的尸体……就连关羽在发兵前下棋的将军阁，那亭翼、漆柱、长案，也无一不被飞来的长枪箭矢所啄破，只有那盛满黑白棋子的棋枰，还完好如初……

然而，在那伤痕累累的朱红大案上，安放着一樽头盔。

这是已故大都督周瑜的头盔。

孙权知道，这头盔所放的地方，就是周瑜给关羽拜寿的那次，发誓要将关羽的头颅所放的地方。他还知道，关羽曾用袖子扫落了周瑜放在此处的酒杯，也就此发誓要让攻城的周瑜死于万弩之下！

这是一个布满战痕的头盔，中等大小，因为风吹日晒，历时太久，已经被磨成淡淡的天青色。

此时此刻，在孙权看来，这头盔和周瑜真正的头颅无异。

“公瑾啊——”他一开口，突然觉得喉头发紧，眼前一片水润，忙举起宽大的袍袖，朝侍从们无奈地一挥手。侍从们小心地退下了。

“公瑾啊！”他咽了一口吐沫，艰难地说下去，“我知道你与我兄长有总角之好、骨肉之情。兄长在世时，常和我母亲说起，在丹阳时，若不是你率领兵众，调发船粮相助，成不了大事。还有后来，我兄长遇刺身亡，临终前将军国大事托付给我，那年我才十九岁，东吴只有会稽、吴郡、豫章、庐陵数郡，很多偏远险要地方还不愿意归附。你和群臣带兵前来奔丧，别人都以将军之礼，只有你，用君臣之礼真心待我！”

孙权说到这里，突然停住了，似乎在脑中搜索什么。半日，才又幽幽道：“不过，公瑾啊，人都说，你赤壁一战声誉鹊起，曹操来信故意挑拨，还有刘备，说你恐不久为人臣。不少平日嫉妒你的大臣，也在我跟前提及当年你在寿春被袁术招至麾下，说你之所以后来回到江东，是因看出袁术不会有所成。他们向我反证，若当年招你的不是袁术，而是曹操，你会如何？可是公瑾啊，跟你说实话，我既继承了父兄的基业，就不像常人般气量狭窄。在我看来，你对我江东算得上是忠贞不二。不仅如此，你还多次劝我广纳英才，招罗天下贤士，我是信你的，也是感激你的！”

一阵微风，像一只正在从亭阁外面伸来的手，温柔地抚摸着案上的头盔。那头盔岿然不动，似乎真是一个安静伫立的头颅，正在耐心地听取孙权的诉说。

“公瑾啊，我兄长临终前嘱咐，外事不决问周瑜。现如今，你让我问谁去呢？”孙权长叹一声，却忽然如那转向的微风似的，突然转变了语气，“可是公瑾啊，你怎么就不明白，荆州，它没有你想象的那样重要啊！”

他说了这一句之后，脸上的神色忽然也开始激荡起来。他站起身，绕着那亭阁转了几圈，又走到一处开阔视野处，眺望着澄亮如练的长江。

“公瑾啊，用你兵家的目光来看，荆州关系我东吴命脉，拼死也要争回。可是你怎么就不明白，荆州它只是版图上的一块，而且是一小块。而天下大势，此消彼长。纵然得了荆州，可破了孙刘联盟，刘备从此一蹶不振，我东吴被曹操统一的日子还会远吗？”

风渐渐大了起来，那头盔依然静立着，没有发出任何声响。

“当初借荆州时，你不同意也就算了；可借出去之后，你又几次三番要我去讨回。我没有点头，你竟然借拜寿之机自己来和关羽宣战！我江东虽弱，可又怎能容得下两个主公呢？公瑾啊，我待你如兄长，可你，又要置我、置整个江东于何地？”

孙权说罢，嘴角须髯忽然一颤，看向那头盔的目光中忽然就有了一缕恨意。“你这是要置我、置江东于何地？”他重复着这句话，然后，忽然一个急速转身，从通往城道的亭翼一侧走出去了。

在那静立在红案上的头盔眼中，孙权走得那样匆忙，那样局促，以至于连他的背影都充满了未解的愤恨。不过，那头盔还是没有发出任何响动，它还是静静地、安详地矗立着。

只有风，呼呼的风，从亭翼的两侧，像两双无形的翅膀，急剧地从那头颅上飞过。

在荆州城内将军阁中，孙权对着周瑜的头盔喁喁私语的同时，在许昌曹操的宫中另一具长案上，也安放着一只精致的木匣。那是一个乌黑的雕花木匣，边缘刻有纷繁精美的花鸟图案，木质香气馥郁，一看就不是北方土产，而是来自吴郡的江南风物。

“这是从何而来？”曹操站在案边，在那匣边来回逡巡着，似乎想从那匣子自身得到答案。

“徐将军从襄樊命人送来，说是两天前夜半，有吴军趁人不备送至营房门口。徐将军觉得事关重大，不敢擅自处理，只得送回宫中，禀报主公处置！”那案下站着的一名传令兵垂首答道。

曹操默然半晌，忽然像想起来了什么似的，跳过去，打开了木匣——果然，那木匣中放着一樽熟悉的头颅，重枣似的脸庞，朗星般的眼睛，还有那花白的长长的胡须，像一把飘出匣外的拂尘，伴着一阵随窗潜入的微风，轻轻摆动……

“云长——”曹操一下子泣不成声。半晌，才举起自己的袖口，捋了捋自己的胡须，沉吟道："果真是你！云长——你回来啦！"

那传令兵见状，早已垂头叩首，轻轻后退了出去。

可曹操的思绪，却似乎被那一声哽咽堵住了。他久久地凝视着木匣中那双睁得大大的眼睛，直至一声叹息，如一片沉重的铁块从喉咙里倾吐而出。

"唉——"

他皱着眉头，扶住长案，在那木匣旁的一张木椅上踉跄地坐下。因为那位置背对着阳光，他那宽厚的背影便让整个木匣都陷入了一片阴影之中。

"云长啊，到了今天，你该看清你那大哥的真面目了吧？他顾惜他那刚刚得的西川，还有那芝麻大的上庸，就这样让你身首异处了呀！"

他说到这里，骤然间张大了嘴，好像是在竭力呼吸，又似乎是替关羽悲伤难过。

"云长啊，你不要怪我呀，过不了多久，我们也就相会了！到了那里，你就可以跟着我了——"他说着，又扶着那长案踉跄着起身，对着门外一声长喝，"来人哪——"

一个眉目浓重的侍者忙匆匆现身，弯腰道："丞相有何吩咐？"

"唉——"又是一声长叹之后，曹操沉声道，"传命，为关羽打造身躯，配其首级，厚葬。"

"是！"那侍从答应着，便转身往外走。

"慢着，"不待那侍从回头，曹操沙哑的声音再次响起，"告诉工匠，云长身高七尺，肩阔二尺八寸，腰围三尺半，腿长四尺，脚长九寸五分……"

那侍者闻言，浓密的剑眉惊诧地往上一扬，问道："丞相，您连自个脚多长都不知道，何以知道关羽的腿脚？"

曹操默默地看了他一眼，脸上露出一种奇异的深思的表情。“因为他是云长不是曹操！唉，云长啊……”他对着那侍者，悠悠叹道。

那侍者沉吟着，若有所思地点了点头，便出门去了。曹操又转过头来，继续凝视着那木匣中的头颅。

不觉间，繁春和盛夏都已经成为过去，萧瑟的秋风远远地吹来了。不知那匣中的关羽是否也感受到了这一点，曹操这样想着的时候，突然看见一缕灰白的长须正沿着穿堂而来的北风，悄然飘出了木匣之外。

吕蒙和他的五千精兵回到荆州城关时，日头已经爬上了城墙三尺来高。淡淡的秋霜在古老的城墙上浮动，空气里洋溢着干燥宁静的气息。和古往今来无数座历经浩劫的城关一样，这些砖石、暗孔、裂缝再次散发出幽暗的、古铜色的暗辉。成千上万的人死去了，堆堆白骨被埋入城关脚下；一面旗帜倒了，另一面旗帜升起来，可当新的太阳升起来，一切又恢复了原样。

只有真正经历过那些战斗与厮杀的人，才能细心地发现战争给这座城关带来的所有劫难。吕蒙回城时，便用这样的细心重新打量这古老的城关。远远看去，城墙根部那些古老斑驳的基石如磐石般彼此咬合，宛如人的骨骼。凑近看时，那些暗红的石纹，狰狞的裂缝，和倔强长于其中的草根与青苔，无一不散发出遒劲顽强的气息，还有那深扎于砖石上的无数古铜箭镞和断裂的矛尖，他们像最英勇顽强的攻城战士，宁死也不肯落下城去……忽然，吕蒙的心脏猛地一缩，他在城门旁的一处城墙上发现一只新鲜的、穿着吴军军靴的人脚，那脚的主人分明已在半个月前死去了，因为那军靴已经腐烂，脚上的皮肤也在溃烂之后消失，更不要说血肉，唯一能显示那是一只脚的，只有那完整的脚面、脚掌和脚趾的白骨。然而，吕蒙却清晰地看见，那脚掌尖还死死地抠在了一块城砖的缝隙中。显然，这甲士在快要攀到城头时，突然被守军砍断了双腿！

吕蒙不禁有些动容，在临沮感受到的那些悲伤的、不快的情绪渐渐退到了脑后。一将功成万骨枯，更不要说一座城池的归属。无论如何，荆州回到东吴的版图，都是东吴之幸、百姓之幸。吕蒙这样思忖着，一脸踌躇地骑着战马过了城门，而等到过了城门，他的心情就更加轻松了，甚至可以用美好来形容。因为他看见青萍一袭绿衣，正站在城头的一角，默默地背对着自己。

那是一副多么美好的画面！那城墙深处虽然还残留着很多残酷的印迹，可那上面的青藤和杂蔓却开出了丛丛洁白的小花。青萍就站在那带露的花瓣跟前，和那露珠一样娇嫩欲滴！

吕蒙远远地下了马，对副将做了个不要打扰的姿势，便独自一人往她的身后走去。

青萍正对着那丛洁白的野花，伸出自己的一截断臂，轻轻抚摸着那花瓣，良久，又缓缓闭上眼睛，皱起小巧的鼻尖，深深地呼吸了一口它的芳香。忽然，那花朵也好似感觉到了她的温柔，从花蕊滚出一滴晶莹的露珠，那露珠从花蕊滚到花瓣，又从花瓣淌到她的手腕……忽然，青萍小心地抬起了那雪白的断腕，欣喜地叫道："快看！这花儿要长在我手腕上了！"

轻轻走到她背后的吕蒙，好像怕惊动那露珠似的悄声道："我也想长在你手腕上。"

青萍转过身来，朝吕蒙莞尔一笑："你回来了？"

“回来了！”吕蒙含笑看着她的眼睛。

“任务结束了？”

“结束了。”

吕蒙刚答完这一句，眼里的笑意突然消失了，面色也阴沉了下来。青萍带给他的欢欣似乎在一瞬间消失殆尽，他又想起了追杀关羽的一幕幕。尤其是关羽临死前，关于大都督周瑜和主公的议论。事实上，这些记忆一直在他的脑中回响，刚刚不过是临时中断而已。

“你怎么了？”青萍敏感地看出了他的不快，关切地打量了他一眼。可以看出，这一个多月来，他虽来回奔袭疲累，但没有再添新伤。

“没有什么。”吕蒙转开眼睛。

青萍将露珠从断腕上抖去，又小心地跨过地上雪白的落英，转身对身旁的侍女道：“你们都退下吧，我要和吕蒙将军到城外去散散心！”说完也不管吕蒙的反应，便径直往吕蒙的战马走来。

吕蒙忙蹲下扶她上马，拉起缰绳往城外走去。

因为刚从郊外回来，知道外面还到处残留着战争的阴影。大路上、水沟里，树丛中，没来得及掩埋的尸体被野狗追咬着，被蚂蚁啃食着，甚至被不愿饿死的人们挑挑拣拣、翻来拨去。田野里一片荒芜，房屋没有炊烟，路上没有行人，有的只是几个衣不蔽体的饿殍，野鬼似的飘来荡去。吕蒙不愿青萍看见这些，便竭力让马儿沿着城墙根儿缓缓地走着。不多时，他们看见一处开阔的长江码头，因为战争抽空了城内几乎所有的人力，除了一艘破旧的小渔船在浩渺的烟波里摇摇晃晃，江上什么也看不见。

在通往码头的一处石阶上，青萍“嘘”了一声，吕蒙赶紧勒住缰绳，恭敬地在鞍前蹲下，青萍踩着他的肩膀和膝盖下了马。

不等吕蒙招呼，青萍将吕蒙和战马远远地甩在身后，急切地往江边的码头走去。

“郡主要去哪？”吕蒙将缰绳一丢，赶紧往码头疾跑，一边大声呼喊着。

青萍已经走到了码头，她正将自己的一只脚跨进破旧的渔船，听见他着急地叫喊，便扭过身来，对他盈盈笑道：“一个我最喜欢的地方！”

这是一个难得的晴朗的秋夜，天空像一匹让人心醉的蓝丝绒，没有风，也没有云彩，只有一轮闪着黄晕的圆月，像一枚硕大的金质吴钱，镶嵌在远远的山峰面前。

吕蒙和青萍在绝命岭前临水登岸，那艘破旧的渔船如同一只破旧的玩偶，被他们随意丢弃在身后的江面。

鬼城的月光在寂静中默然静瞅着这对正在走近的男女。

大约半个时辰之后，吕蒙坐在鬼城大殿跟前的台阶上，对着月亮，在冥思苦想，他的脸上是一片吓人的死寂色。在他身后，一言不发的青萍躺在一个锈迹斑斑的战盾里，正举着一只断腕，久久地凝视着。他早该想到的，青萍会带自己来这里。可是他因为沉浸在自己的思绪里，没有去想。现在便只能在这整个世界他最不愿意待的地方，受着内心的折磨。而青萍呢，她不明白，为什么一回到这里，他的脸色会变得这样吓人。她本是想带他散心才来，因为她记得，只有在这儿，她和他，才能真正放松下来彼此坦诚相对。

“吕蒙……”她故意喊，“我口渴，还有，我的腿脚被蚊子叮了好些包……”她知道，他会满足她的任何要求，只要她需要。

果然，吕蒙被她的叫喊声拉回了现实，在听清了她的需求之后，他匆匆从天井的水井里舀出一勺水，走到她面前，托起她的后颈，喂入她口中。做完这些，他有些踌躇地看着她腿上荷叶般的绿罗裙，不知道该怎么应答她的第二个需求。

“你过来，将我腰里的香囊解了，放在脚下……”青萍抬起手臂，用断腕在他肩上微微一触，想将他凝望别处的脸转向自己。

吕蒙勉强转过头，和她晶亮的双眸对视之后，立刻又别扭地恢复了原来的姿势。

“你说过的……你愿意长在我手上……”月光下，青萍微酡的面孔像喝醉了酒。“再说父亲已经将我许配给你，你……什么都不用担心……”她柔声道，又歪过头来，竭尽温柔地瞧着他。

可让她失望的是，吕蒙非但没有转过头，反而霍地起身，往天井的方向走去。从青萍的角度看过去，他宽阔的背影像一座微微颤抖的山峰，好像随时都会倾倒下来。

“你去哪？”直到他的背影在天井里消失，门口的战马发出兴奋的嘶鸣，青萍才惊觉地跳了起来，她忙用断腕支撑着跃出战盾，往门口喊叫着追去。

如银的月光透过大殿的一角，在吕蒙的脸上投下半明半灭的黑影。听见青萍的脚步声，他缓缓转过头来。他的脸上是青萍从未见过的沉毅与坚定，他的目光比天上的月亮还要明亮。“郡主，我要让主公收回成命，我是一介武夫，而你是金枝玉叶，我们不相配！”他说着，便牵着缰绳往前走去。

“不，你说清楚！”青萍却追过去，用一只可怜的断腕拼命“拉”他的袖子。“你说清楚，到底发生了什么？你走之前，不，你刚刚回来的时候，还不是这样……”她又气又急，为了追上他，差点被脚下的一丛荒草绊倒。

他见她这样，便只好放缓了步子，等她追上。听她如此说了半天，他只低着头，一声不响。

“你说话呀，你倒是说话呀！”她催促着，脸色比黎明的晨曦还要惨白。

“我不过是个影子！”他勒住了缰绳，往那城门的方向看了一眼。眼前忽然闪过一个狡黠又稚气的面影。“和他们一样，我也是已故大都督的影子。”那白衣人、他自己的“影子”，还有那许许多多和他同生共死的死士形象，一下子在他眼前全部复活了。“我本是个孤儿，是大都督教我读书、骑射，后来，又亲自给我传授兵法。”看她脸上露出竭力想理解，但依旧茫然的神情，又接着道：“我从军是为了追随他，他战死了，我要给他报仇……迄今为止，他是让我活着的所有目标……”说到这里，他突然停住了，凝视着远处一排营房与大树的阴影。

在他诉说的时候，青萍一直用仰慕又同情的目光注视着他，听到这里，便接过话头。“你杀了关羽，我父亲已经接到禀报，现在整个江东都已经知道了！”她的语气激动又自豪，像一个骄傲的母亲。

可吕蒙却好似没有听见，他的目光穿过眼前的虚空，停在了记忆中的某个地方。“主公说得对，当太阳升起的时候，影子就要消失了。”他说着，又抬头打量了一眼身边的大殿和庙宇。“如果他们的鬼魂还认得这里，这里就会成为名副其实的鬼城。”

青萍忽然感到一阵隐隐的恐惧，她想起来自己听说的，攻破荆州之后，父亲处死了除吕蒙之外的所有幸存死士，一阵不祥的预感让她微微战栗。

“不会的，父亲不会拿你怎样的，你是东吴的大将军，那些人怎么可以和你相比……”她可怜巴巴地辩解着，语气却怯弱得连她自己都不信。

“我杀了关羽，刘备不会放过我的。再说在东吴，我所有的使命都已完成，再也没什么功用了……”说着他又抬起头来，对着天上的半轮圆月凄然一笑。“我既不幸，又何必再连累郡主？还请郡主早日将我忘了，另择郎君吧！”说完他便飞身上马，再也不看青萍一眼，径自扬鞭远去了。

“等等——你等等——”青萍大喊着，还追赶着往前跑了几步。可那战马却始终没有一点停下的意思。终于，她放下苦苦高举的断腕，听那渐渐远去的马蹄声，从急雨慢慢变成了雨丝，然后，除了一片空寂的朦胧，什么也听不见了。

“你难道不知道，我也是你的影子！”她在乌黑的夜空下怔了半晌，突然仰起头，对着天上那轮冷眼旁观的冷月，苦笑一声，自语道。

小乔醒来时，已是日暮时分。连日的伤心与疲惫，让她在失去意识的一瞬间，从内心深处松了一口气。潜意识里，她知道自己真正休克的时间只有半刻，可是她不愿那么快就睁开眼睛，回到这个没有周郎的世界。一切都是熟悉的、温馨的，是她的周郎潜心为她布置的，一切都在它们应该在的位置，包括她自己。她像第一次见到他时那样热烈地恋慕着他，可是，他却不在这里了，而且直觉告诉她，他回来的日子遥遥无期，或者说，他可能永远也不会回来了。

自多年前迁徙到这儿，在小乔的印象里，夏天的傍晚总是长长的没有尽头的白昼。可现在，当她恹恹地躺在了床上，那天幕却不动声色地静黑了下来。从缀满葳蕤的窗棂看去，世界如面纱般轻薄透明，稀疏散落的灯火好像一只只充满倦意的眼睛。这哪里还是繁华如炽的吴郡，分明是萧条暗漠的荒原！小乔这样想着，眼前又不由得浮起，很多很多年以前，自己还是一个不谙世事的少女，随父亲乔公和姐姐大乔第一次来江南游玩的情景。那是个群莺乱飞、杂花生树的初春时节，她和姐姐都无一例外地震惊于江南的风物，江南的林木、繁花、建筑，甚至于连同此处的行人，真是没有一处不俊美，没有一人不秀丽。当时，她和姐姐就暗暗感叹，将来要是能住在如诗如画之地，该是多么美妙的乐事。谁能想到呢，后来，烽火连天战事频仍，她们的家乡皖城为吴侯所破，父亲将姐姐和自己许给了吴侯与周郎。她们姐妹竟然就真的夙愿成真，来到了吴郡……想到这里，小乔突然打了个激灵，她想起了最后一次看见姐姐的情景。那还是十年前吴侯的葬礼，短短六个月的陪伴，丈夫的离世让姐姐悲痛欲绝，恨不得也即刻追随而去。再后来，她就再也没见过姐姐，听说她在吴山一个深庵中静修，自主公主事那天起，吴宫的臣眷们就再也没见过她……

“来人——来人——”她突然张开了久未张开的喉咙，颤抖着呼喊道。不知道为什么，这天从她晕倒之后，侍女们鲜少露面，更不用说家里的小厮。

“夫人，这就来！”终于，在她连喊了好几声之后，一个平时鲜少露脸的侍女颠着小脚一路疾跑进来。“请问夫人，有何吩咐？”她的脸红彤彤的，像后院里熟透了的红石榴。和往日不一样，小乔突然有些憎恨这鲜艳活泼的色彩。

“周郎——大都督回来了没有？”她支起大半个身子，艰难地问。

那侍女的脸色立刻灰暗下来。“没有！”她小心而又沮丧地回答。

“那，可有荆州的消息？”她努力支撑的上半身突然倒了下去，只得勉力用臂肘支住那轮廓优美的头部。

“也没有……”那侍女心事重重地回答，突然，她像想起了什么似的，急忙补充道：“不过，奴婢刚刚在后花园里掐海棠花时，听见两个老甲士在树下谈论，说荆州一战，我江东全军覆没……”她说着突然用手掌捂住嘴，显然，她这时才意识到这消息对夫人的可怕，可是已经太迟了，她看见夫人激动得浑身颤抖，又一连声地唤道：“快，快请他们进来！”

很快，两个已过花甲的甲士进来了。小乔很快认出，那年纪大的，正是早上替周郎送乳钟的那位。他们向小乔行了拜揖之礼，小乔忙命他们起身。“荆州怎样了？吴军怎么样了？大都督怎样了？”她一连声地问，谁都听得出来，她发问的顺序和她真正关心的顺序是相反的。那老甲士看出她极端的担心和痛苦，可怜她，便直截了当地回答说：“我军大败，大都督——下落不明——”

“下落不明——”小乔歪着头，喃喃自语，“这是什么意思？两军对垒，主帅下落不明，这简直闻所未闻……”

那两名甲士沉默着，像两块生锈的铁具。

“副将呢？侍从呢？我要见和大都督一块儿去的人……”小乔如梦方醒似的大叫了起来，半晌，忽然又反应过来，悲哀地道，“我军大败……他们，是不是都已经死了……”

那送乳钟来的老甲士听不下去，忽然上前一步：“夫人，没有消息就是最好的消息。也许，大都督还在关羽军中……劝降、等主公去谈判，都不一定……”

小乔听罢，果然眼眸发亮，一下子坐起身来：“对，我要去找主公……只有他能救我的周郎……”说着便挣扎着下床，踉跄着往外赶，被一侧的侍女忙一把拦住，小声在她耳边道：“奴婢听宫里的侍女们说，自荆州发兵，主公就出宫了，到现在还没有回宫。现在到处人心惶惶，不知道出了什么事……”

小乔一怔，不过马上她又拿定了主意，她朝两名正后退下去的甲士点头致意，又对侍女道：“给我备车，我要立刻进宫！”

小乔在吴宫大殿的台阶前长跪不起，从日暮到深夜，又从深夜到凌晨，她的发髻散了，膝盖磨出了两个大血泡，脸上的胭脂从嫣红变成了绛紫，可不要说主公孙权，就连一个侍从的影子也没有出现。

要到朦胧的曙色渐渐透亮，五彩的霞光如转动的魔球，在大殿上反射出慑人的光辉，才有一个弓着腰的老黄门，蹑手蹑脚，打着连天的哈欠走出来，一边做出要搀扶她的样子，一边劝解道：“夫人，您这是在做什么，早上的露水凉，当心冻坏了身子！”小乔见了，忙深深地弯下腰去，磕了一个很响的头，“请公公禀报主公，主公不接见小乔，小乔就要在这里一直长跪下去……”说毕，又抬起头来，再度弯下腰去，将额头重重地磕在石阶的石椽上。“夫人，您等等……您真不必给老奴行这样大的礼……不是不给您禀报，确实是主公，主公他不在宫中啊！”说着，他又故意左右顾盼了一眼，将尖细的嗓音又压低了几分。小乔会意，忙将头垂得更低，做出凝神屏息的样子。“听说荆州大败，主公亲自带着五千精兵去了许昌，去找曹操……”那太监压低了声音对小乔耳语，小乔大骇，露出不敢置信的神情。见小乔如此，那太监又有些害怕，补充道：“夫人勿惊，奴才也不确知，只是听到这样的传闻，不过，要是传闻当真，咱们东吴很快就能反败为胜，您也就不用为大都督担忧了。您说是吧？”那太监说着，又用精明的小眼睛来瞄小乔。小乔忙躲开了，并趁势站了起来。她并不相信传言，带着五千精兵投降曹操，然后由曹操替东吴报仇雪恨，这不符合主公的行事作风，而且，不管周郎是死是活，他都绝不可能同意主公这样做。小乔想到这里，反而心安了下来。她知道，主公还在奔走，荆州大局未定，她的周郎，就还有活着的希望。

果然，没出两个时辰，就在小乔回到家中，坐在大堂上痴望那乳钟时，消息传来了。曹操派曹仁出兵攻打章陵、襄阳，主公带着他的五千精兵进了荆州城。然而，负责主攻的，不是周郎，而是被主公假意射杀却私下悄悄复职的大将吕蒙！大都督在哪里？小乔听到传令兵来传达消息时，用惊骇又惶惑的语气纳闷地问。“哪个大都督？”那传令兵也纳闷地问，随后又立刻反应过来，告诉小乔主公已经命吕蒙继任大都督，并将都督府设在了荆州。小乔再也忍受不住，痛苦地惊叫起来：“那周郎呢？我的周郎在哪里？”那传令兵见她失态，只默默看了她一眼，便迅速地退下去了。接着便是她发了疯似的出门，她再也顾不得体面，到处找人打探周郎的消息。有的说他战死了，并言之凿凿，说亲眼看见他倒在了关平的刀下；有的说他被活捉，关羽父子准备将他劝降；还有一种说法最令她毛骨悚然，他们说他根本就没有抵达荆州，之前的攻城之所以大败，正因为群龙无首。然而，所有这些说法并不让她伤心，真正让她伤心的，是好些人在面对她时欲言又止的缄默，还有，是有人不仅不愿意见到她，甚至还故意回避她，比如东吴主公孙权。

不过，幸好这样的煎熬没有持续太久，不然她不知自己几时会发疯。大约半个月后，从荆州传来关羽被徐晃、吕蒙夹击，兵败被杀的消息。吴宫朝野群情振奋，整个江东都沸腾了，不用说，主公孙权的威望一下子到达了顶峰，还有大将吕蒙，一下子受到了所有人的瞩目。就在这举国欢庆的时刻，她接到了一张令她心如死灰的诏书。自周郎失踪，不到短短一个月，原先热闹非凡、气象森然的大都督府早已门前冷落，灰败黯淡。那是一个阴沉沉的早晨，小乔正站在后花园的海棠树下伤怀，突然听见人报说主公的诏书到了。她忙回到大堂，跪下接诏，令她做梦也想不到的事情发生了。那宣读诏书的小黄门竟然念道："大都督周瑜，心系东吴疆土，主动请求攻打益州，然而在回江陵准备行装的路上，不幸在巴丘身染重疾，不治而亡，时年三十六岁。"听到这里，她顿时眼前一黑，晕了过去，至于后面念到的"公瑾有王佐之资，然而寿命短促，这让我今后还能依靠谁呢？我将为公瑾穿上丧服举哀，并亲自迎接灵柩……"她完全没有听见，还是后来查阅诏书才知道的。当时她的脑中只有一个念头，她要离开江东，离得远远的，立刻，马上，而且越远越好！可是一切都已经来不及了，从那天开始，昔日的大都督府的门口便由吴宫侍卫站岗，和吴侯刚刚薨毙后姐姐的遭遇一样，她被软禁了。

按照一开始的预感，小乔以为自己会被禁足一辈子，或者至少和姐姐一样，先在深宫中被关上一两年，然后在某个节日或祭日被送往山中清修。

她做好了这样的心理准备，可让她意外的是，不过短短三天之后，守门的侍卫们便请她坐上门口装饰一新的宫车，说主公亲自差人来，带她去某个地方，有一个十分重要的人在那里等她。

那是一个临近中秋的晴朗的日子，辽阔的天幕像一汪淡蓝的湖水，路边的柳树、桦树伸展着深沉敦厚的绿，繁花已经凋谢，湿润的空气里洋溢着果实的甜香。小乔一身缟素，却在难掩激动的脸之上化了一层淡淡的妆。她虽还不知那即将见到的十分重要的人是谁，可凭着本能，她知道，是和周郎有关的人。当然，她早已抛却了幻想，接受了周郎早已不在人世的现实，可是在意识的最深处，她却渴望还能见他最后一面。

随着正午的临近，窗外的天色越来越亮。坐在车里的小乔无数次地抬手，抚摸自己滚烫发红的脸，想让自己冷静下来。可是没有用，随着阳光越来越刺目，马蹄声越来越急促，她心里的潮水也越来越激烈、越来越澎湃，几乎要跳出整个胸腔，跳出整个宫车！

终于，一抹熟悉的黄绿进入她的眼帘，那是一座雄壮而又美丽的城池，她虽从未亲见，可在周郎的描述中，在她自己无数次的梦境里，她俨然早就来过这里。

“停车！”她忽然趋下身去，拉开车帘，对前面驾车的侍卫喊道。

那侍卫听见她的声音，立刻“吁”了一声，惊慌地勒住缰绳。匆匆从马上跳下，跑到宫车的门前：“夫人有何吩咐？”

小乔凝视那雄壮的城关，微微抬起了眼睛，她的眼中燃烧着火焰般的光彩：“那是荆州吧？”

那侍卫忙低下头，郑重地应道：“正是！”

小乔脸上的血色突然消失了。她想起了自己最初的猜测与判断，她的周郎在第一轮攻打荆州时殉国，而后，吕蒙才带着五千精兵拿下了荆州。如今，一切都即将得到证实！周郎死了，在攻打荆州的前一轮中就死了。可是为了顾全主公的颜面，为了将功劳施与想得到的人，所有的人都抹杀了这个事实。如今，主公良心发现，差人来请自己，不过是偷偷地运回他的尸首。

“周郎……的尸身在哪里……”她颤抖着问，整张脸几乎在痛楚中破碎。

“奴才不知……主公也没有明示……”那侍从这样回答，汗水如雨点沁湿了他的前额，他的目光从小乔的眼前飘远了。

小乔一怔，一阵更加凄恻的痛苦朝她席卷而来。既如此，又何必再叫她来？难道是要她再尝一次那比心碎还要痛苦的滋味？可她的心已经碎到不能再碎的地步，还能再碎一次吗？

“那为什么要拉我到荆州来？荆州又有何人在此？”半晌，小乔勉强问道。

“主公有令，今日要把周大都督帅旗升上城关。主公说，这荣誉应该赐予夫人。”那侍卫深深地弯下腰去，似乎在向小乔表达着最深的敬意。

哦，原来如此！小乔连最后的绝望都消失，只剩下一片空漠的悲哀。连最后的尸首都没有！只有这冠冕堂皇的空洞仪式！她一下子全明白了，与其说，这是主公在表达对周郎的敬意，对自己的感激，可事实上，这更像是，他在表达他自己，他的胜利、他的骄傲和他的歉疚。

她心头漫过一阵彻骨的寒意。谁能想到呢，到头来，她连周郎的最后一面也无法亲见。

她不知道，在他生命的最后一刻有没有想到自己。还有，他们曾经谈论过多次的，生不能同衾，死亦要同穴。然而，诏书下达之后，她见到的灵柩之中只有她亲手缝制的一套衣裳。

“不！我不去荆州，我要回家了。”她忽然打开宫车的门，从车上跳了下来。她的声音是那样冷冽，以至于那侍卫彻底慌了神。

“夫人，夫人！……您让在下怎么跟主公交代啊？”他追在小乔身后，手足无措，却又不敢拦住她的去路。

“你告诉孙权。我永远不进荆州！还有，天下有多少城关，人间就有多少怨恨！”小乔袅娜的身影犹如一株行走的杨柳，不过那显然是一株逆风而走的杨柳，她的发髻、裙裾与腿脚的姿势勾勒出一副张扬不羁的姿态，那姿态明白无误地传达着她内心的不平与愤怒。

那侍卫在大道上呆立着，怔怔地凝视着小乔越走越远的背影。他不知道，在他身后高高的城关之上，他的主公孙权也正愠怒地站在城道上，沉默地注视着小乔的背影，他没想到，她会公然抗命，不屈从于自己的意志。女人真是一种奇怪的东西，她们的性子一倔起来，竟比男人还要难以收拾。

“哼！你生我的气又有何益？你难道不知道，公瑾的取荆之策是从哪来的吗？”他冷冷地俯瞰着城关之下的那辆宫车，那侍卫已经放弃了追赶她的打算，转身往城关的方向来。他大概要向主公汇报小乔抗命的始末。“是你自己，你造就了你的周郎，也害死了你的周郎。”他似乎在为自己辩护，是似乎是故意说给那即将到来的侍卫听。

在离他不远的城关拐角处，那侍卫正从王驾上匆匆跳下，在他身后一辆辚辚作响的宫车也悄然停下了车轮。由暗红色金线织就的銮驾宫帘被掀开了，一个美丽的女人从宫车内款款步下。

“她知道，女人心头一痛，什么都知道……”在孙权的身后，冷不丁响起了一个女人的声音，那声音虽不及小乔的冷冽，却另有一股冰雪般的凉彻。

孙权一惊，一时想不起如此放肆的女人会是哪一个，便诧异地转过脸去。他看见了一个让他歉疚又痛心、怜悯又怜爱的身影——他的女儿青萍。和断腕后每次见到的一样，她依然板着一张冰冷的脸，冰冷的好像黑水晶似的眼睛，冰冷得好像时刻会呼出凉气的鼻子，冰冷得好像永远不会融化的山棱一样的嘴角。不仅如此，连和上次相见时视若无睹的目光，也完全一样。那目光穿过他威严的面庞，穿过他凌厉的眼睛，穿过他时刻掌控的时空，一直抵达某个他看不到的地方，那地方是那样神秘，那样虚空，那样遥不可及。

然而，这一次孙权捕捉到了那目光所向，那目光落在已经快消失在天边的小乔的背影身上。那确实不是他能触及的，因为那不仅不属于一个君王，而且不属于一个男人。那是深宫中的女人才懂得的期盼与怨恨。

第一次，他有点同情他的女儿们。

第十二章

尾声

荆州的城郊大道上，如椽的夕阳笼罩着广袤的四野，天地之间，除了两团模糊的苍黄与青绿，只剩一片凋敝的荒凉。

形单影只的小乔，披着一身如银的缟素，在飞扬的尘土中踽踽独行。在她的两边，衣衫褴褛、提老携幼的难民们纷纷对她侧目而视。即便面容愁苦，她那稀世的姿容还是那样引人注目。人们盯着她身上纯白的丝绸、脸上绯红的胭脂还有头上一丝不乱的发髻，脸上露出鄙夷又冷漠的神情。尤其是那些衣不蔽体、食不果腹的男人们，他们在心里冷哼，这样的时刻，这样的女人！哼！

小乔很快也意识到了自己的不合时宜，她渐渐放慢了脚步，心里寻思着该往哪儿去，才能躲开监视她的人让自己自在一点。可那长长的难民队伍灰蛇般蜿蜒不尽，还有那破破烂烂的牛车、瘦马和他们穿着草鞋的脚丫，在泛黄的土路上掀起一阵阵灰尘，像一阵阵驱之不散的褐色蚊蝇。这些都只能让她竭力睁大眼睛，勉强看清自己近前的人与物。

她揉揉眼睛，确定离她脚上的白色丝鞋不到一丈远的地方，有个看上去只有三四岁的小女孩子。这女孩子蓬着头发，脸上的颜色黑黄不均，正跪在路边定定地朝着路边张望着。小乔暗暗抽了口气，心脏没来由地一缩，忙低下头来，仔细看她面前的一方褐色破布。果然，那破布上用灰色的土末写着一个斗大的字——售！难以想象，这样小的女孩，竟然在求售自己！

小乔收住了步子，在那小女孩子面前蹲下，用噙满悲哀的眼睛默然望着她。那女孩子感觉到了，抬起那张半青半黄、被尘土和浮肿弄得面目全非的小脸。这张可怜的脸上，只有那双大大的眼睛，还露出让人怜惜的天真。

“你认得这字吗？”小乔的声音轻轻地，怕是吓着了这小女孩子。

不出她的意料，那女孩子默默摇了摇头。

“那……这字是谁写的？”小乔的声音更轻了，似乎不想碰触她让人伤心的往事。她当然知道这女孩子遭遇了什么，无外乎是战争、饥饿和死亡。

那可怜又可爱的小女孩没有回答她，她只做了一个简单又细微的动作，便交代了所有痛苦的过往。她平静地转过头去，向小乔示意自己身旁直挺挺躺着的一具尸体。那是一个须发花白的老头子，他长着和小姑娘一模一样的长脸、凹进去的深眼窝，因为对突如其来的死亡的不甘心，那又圆又大的眼睛至死还朝着天空不屈地大睁着，似乎在抗拒命运的不公，又似乎在诉说着自己的担忧。是啊，将这样幼小的亲人孤零零地抛在人世，他又怎会走得安心呢，虽然看样子他已经过了知天命的年纪。

小乔鼻子一酸，接住了小女孩转过头来平静回望自己的目光。

“跟我走吧！”她说着便朝小女孩伸出了一只手。那小女孩的黑眼珠静静一轮，便乖乖地站起身，伸出那只瘦弱不堪的小手，紧紧地抓住她腰上的一条玉带。

小乔领着那小女孩子一前一后在大路上走着，像两株一高一矮在风中疾走的花朵。

几乎在恍惚之间，小乔的心里突然涌过一阵悲苦的欢欣。她想起了她的周郎，在历次出征之前他总会对她竭尽温存。他知道她一直想要一个孩子，一个属于他俩的孩子。而现在，周郎已不在人世，往事皆成回忆……

从今往后，她只有这一个小女孩。她是在见他最后一面的路上遇见她的，也总算与他们有缘。她会将小女孩当作他们俩自己的孩子来亲自抚养。所幸的是，今后她的悲苦将有人聆听，她也不会再像现在这般寂寞。

就在小乔这样冥想的时候，身后的荆州城关响起一阵轰隆隆的声音，像从天而降的惊雷，又像从地心升起的痛苦的呼号。小乔一阵暗暗的心惊之后，才听出来，这是升旗前的鼓号声，那鼓号如此洪亮激越，以至于小乔不用转身，也能想见那绣有“周”字的大纛，如何像一个勇猛的骑士在城关的旗杆上高歌猛进。她不无痛苦地想到，这是属于周郎的时刻，是他的荣耀之光。不过，是在他们眼中，是在包括主公孙权、守城将军关羽、北方霸主曹操等人的男人的眼中，最让她气苦的是，无论她如何劝告，她的周郎始终在他们的队伍之中。

直至那鼓号如渐歇的疾雨，完全失去了最后一缕潮湿的铿锵，她也没有回一次首，她踩着自己心里的鼓点前行。

渐渐地，她牵着那小女孩越走越远，似乎将荆州城完全抛在了身后。要不是那忽然回转的，如异军突起般又一阵鼓声，她也不会忽然间心中绞痛，仓皇回首——

正如她料想的那样，她看见那面她无比心爱、无比热慕的旗帜，正像她最熟悉的那个人，朝她仰面微笑着。她是一直爱着他的呀，既然爱他，也怎能不爱着他所热爱的一切！她在痛苦中终于缓过神来！

可是鼓声停息了，天地在瞬间又化为一片静寂的虚无。

醒悟过来的小乔，任由目光在偌大的荆州城关上下游骋。经历一番争夺，荆州城由严整变得破败，如今，经过一番修葺，却又再次升腾起肃穆之气。然而，除了那缓缓升至最高点的旗帜，这城池又和周郎有什么关系呢？只是虚名罢了，只是功用罢了。小乔的目光从旗杆上缓缓降落下来，落在那旁边的正殿和庙宇。一个念头又禁不住从她心中升起，只有居庙堂之高的人，才是这城池与社稷的拥有者吧。

忽然，小乔瞥见一个熟悉的身影，正站在城关的一角朝自己遥遥地挥手，她心头一震，定睛细看时，却见一个朦胧细长的绿影。是青萍郡主！这整个东吴也就只有她还没有忘记自己，她是了解自己的，只有女人，才会真正地懂得女人。她知道此刻的挥手，意味着真正意义上的永别。

小乔不自觉地朝那城关多走了两步，也举起手臂，朝她挥手致意。

蓦地，小乔心里“咯噔”一下，她忽然看清楚了，青萍动情挥舞着的那只手，并不是完全意义上的手，而是一只惨白的秃腕。可怜的青萍，她似乎已完全忘记，她的双手因为那架编钟已被她父亲当众削去！

小乔苦笑了一下，她想起了“壮士断腕”这个词语。天下的主公都是壮士吧！为了江山社稷，不消说亲生女儿的手腕，就连自己的兄弟手足、生身父母都可以舍弃，更何况一个外姓的武将呢？想到这里，她的心绪稍稍平静了下来。没有什么痛苦是不能忍受的，如果你能给这痛苦找到一个正当的注解。她这样想。

大约在一个月之后，趁荆州收复，东吴大赦之机，小乔向主公孙权上书，称“因周郎猝然离世，睹物伤情，愿携养女回故乡皖县，在青山绿水中安度余年”。正如料想的那样，她很快得到了恩准。两天之后，她匆匆收拾了行囊，带着那个在荆州郊外捡来的孤女和几个自幼跟从的奴仆，风尘仆仆，往故乡的山水驰来。

谁也不会想到，她会在城外山涧一湾溪水旁的几间茅庐内长住。那里邻近深山，地处偏远，虽风雅古朴，却鲜少人迹。她带着新收的孤女和几个家奴收拾停当之后，每日所做之事，不过是教那孤女读书识字，自己弹琴作画，如此而已。

小乔没法告诉旁人，就在初嫁不久，周郎曾指着这山涧的茅屋，神采奕奕地告诉她，“都说仁者爱山、智者悦水，我却钟情于这山水之间。等我东吴疆域既定，我便告老还乡，与你相携这故乡的山水”。小乔一直将这段话铭记于心，并在历次送他出征前，都提醒他不要忘了这最初的诺言，周郎也每每含笑应允。

如今，周郎的死讯已经昭告天下，可不知为何，当辚辚的车轮驶近这里，小乔的心却突突地跳得厉害。好像她的周郎时刻会奔赴这里，和她履行承诺的约会似的。

一晃两个月过去了。自从过了深秋，山里的空气一天比一天清寒。这天的清早，水面便飘起了花絮似的飞雪。小乔梳洗罢，便靠在窗前的琴凳上看雪。不知不觉间，那苍翠山麓上的玉带，那青黛水面上的涟漪，让她渐渐陷入了迷思，她想起了连日来经历的同一个梦境。也是这样纷飞的雪景，一个高大的酷似周郎的身影，骑着一只通身雪白的梅花鹿，从远处的山林间驰骋而来，那鹿角的一边，挂着那只周郎蓄意留下的小乳钟……

“周郎，你还活着……”她抚住那鹿角，又惊又喜。“那是当然，不然，难道你见到的是鬼？”她的周郎一如以往地幽默风趣，他一边从神鹿的身上跨下，一边朝她定睛微笑：“其实这也不难，你细想啊，为何全天下都找不到我的尸首，还有，主公为何下诏说我病死？这摆明了是金蝉脱壳嘛！”小乔摸了摸他的胳膊，又来摸他的脸，惊喜又惶惑：“可是，你那个幸存的部下回来说，亲眼看见你被关军包围，关平将你连刺三枪，其中有一枪，正中心窝……”周郎笑着握住她的手：“这事说来话长，为攻打荆州，我早预备上百死士做我东吴将士的替身。其中有一个，他不但与我长相酷似，且剑法、武功无一不是我亲授……我之所以这样做，就是为了麻痹关羽，让他以为我已战死，因此领兵章陵而去。如此，荆州城空，吕蒙方能一举攻城，我东吴才将荆州收入怀中……”

“啊——”小乔惊叫起来，“此话当真……”她大喊一声，却每每在此刻将自己从梦中叫醒。而后，便只能惆怅地凝视窗外，直至模糊的黑暗乱作一团，在渐渐升起的晨曦间无奈地散去……

如果周郎还活着，如果周郎还活着……一连几天来，她被这个念头弄得神魂颠倒、几欲发疯。想到这里，她急忙闭上眼睛，坐直了身子，手指轻拨那熟悉的琴弦。忽然，在她略一停顿的间隙，那琴盘上伸出一只胆怯的小手，也学着她的样子，轻轻拨了一下琴弦。她看了看那小手，笑着又拨了一下，那只小手也学着她的样子，又拨了一下……

她忍不住微笑了起来，伸手捏了捏小女孩的脸，又低下头来亲了亲她的前额。真是个机灵的孩子，她总是能看出她的不佳心绪，然后悄悄钻到她的怀中，坐在她的膝盖上，给她温暖的抚慰。

古朴的琴音，如河底最深层的流水，发出淙淙铮铮的激越之音。要过好一会儿，小乔才回过味来，不知不觉，她竟然奏起了那曲，自己曾经暗暗决定再也不弹的《殇》。这不是一个好兆头，意识到这一点之后，她急忙停住了手。可是已经迟了，她怀中的小女孩子指着门前屋檐下，高高悬挂着的那只灿亮的小乳钟，用比溪水还要清亮的嗓音喊道:“娘，你看——”

一阵由远及近的山风，犹如一股匆匆而至的铁骑，朝她们母女急切地吹来，在吹向她们脸颊、眼睛和发丝的路上，顺势吹响了那只漂亮的小乳钟。小乔拨开萦绕眼前的飞雪，抱着那孤女紧张地站起身来，只见一只比白雪还要白上三分的白鹿，正竖着两枝高高的梅花鹿角，朝茅屋的方向奔来。正如她在梦境中所见到的，那白鹿的背上骑着一个高大熟悉的身影……

后　记。

公元220年，即吕蒙偷袭荆州成功、关羽命丧吴军之后的第二年，曹操在年底病死，其子曹丕称帝，国号为“魏”。

公元221年，痛失二弟的关羽的兄长刘备将军，在益州称帝，国号“蜀”。并于翌年即公元222年，不顾军师诸葛亮的劝阻，发起伐吴的夷陵之战，然以大败结尾，东吴孙权正式获荆州大部领土。

公元223年，蜀国国君刘备病逝，军师诸葛亮辅佐刘备之子刘禅与东吴孙权再结联盟，共同对抗三国之中实力最强的北魏。

公元229年，三国主公中年龄最长的孙权称帝，国号“吴”。

由此可以一目了然，公元219年的“荆州”，实乃天下版图的关键一棋，正所谓，荆州一落，天下三分！

然而天下大势，分久必合，合久必分。

围绕荆州城的失得，魏、蜀、吴三国的命运，也呈现出此消彼长、盛极而衰的终极变化。

以失败告终的“夷陵之战”，不仅让西蜀永失荆州，而且让原本处于上升态势的西蜀彻底衰落下去，尽管军师诸葛亮“鞠躬尽瘁、死而后已”，也改变不了四十二年后（公元 263 年）率先被司马昭灭亡的命运。

得了荆州的东吴也远非最大赢家。正如关羽死前所预言，刘备的复仇让孙权逼死了吕蒙。而且荆州的易手，直接导致了吴、蜀联盟的破裂，而正如孙权所预言的，此联盟破裂最大的受益者仍是北方的曹魏。

终于，公元 280 年，东吴为西晋所灭。